ムニン
「女神を打ち倒さなければ
わたしたち禁字族――クロサガに
安息の日は、永遠に訪れない」
JN103133

セラス・アシュレイン
「ところで
この作物なのですが、実を言いますと
私も初めて目にしいやぁぁあああああ
あああああぁぁあああああ
巨大ミミズーッ！」

ニャキ

「ご安心くださいニャ！
これはただのミミズさん
ですニャ！」

ピギ丸

大悪
大魔帝

ハズレ枠の【状態異常スキル】で最強になった俺がすべてを蹂躙するまで 7

篠崎 芳

CONTENTS

Illust：KWKM

プロローグ

「まさかここで狂美帝が牙を剝くとは、夢にも思っていませんでした」

アライオンの王城──女神の執務室。

ヴィシスは笑顔で机についている。

彼女の視線の先で姿勢よく立つ男は、ポラリー公爵。

彼は先の魔防の白城における一戦で司令官を務めた男でもある。

ヴィシスは両手を、机の上で組み合わせた。

「早速ポラリー公には軍を率い、ミラとウルザの国境まで赴いていただきます。そこでウルザの軍と合流し、ミラ軍を抑えてください」

「ミラはもうウルザへ攻撃を開始したのですか？」

「今頃は、そうなっているかもしれません」

ミラはまず東の隣国ウルザに誘いをかけてきた。自分たちの側につけ、と。

脅しに近い誘いを受けたウルザの魔戦王ジンは真っ青になったらしい。

そして、女神に指示を仰いできた。その時点でヴィシスはこう考えた。

回答を引き延ばし、その間にこちらの体勢を整える。

要は、時間稼ぎである。

が、回答期限まで短すぎた。

狂美帝もそこは抜かりなく、時間稼ぎを許すつもりはないようだった。

それでも、ヴィシスはギリギリまで回答を引き伸ばし、時間を稼いだのだが……。

公爵が眉間に皺を寄せ、渋面を作る。

「南のゾルド砦を取られると少々厄介ですな。あそこを取られると、そこを起点にウルザ内部へどんどん兵を送り込んできますぞ」

「ですので、魔戦王はすぐさま魔戦騎士団をゾルド砦へ向かわせたそうです。ただ……」

「主力である魔戦騎士団をそこへ向かわせるのが、ミラ側の狙いかもしれぬと？」

「ええ。狂美帝とその兄二人は特に頭が切れると評判です。どんな策を弄してくるか、まだまだ未知数です」

「しかし……よりにもよって狂美帝は、なぜこのような時期に……」

誰もが思う疑問を公爵が口にする。ヴィシスは、

「むしろ――」

と、笑顔をぴくりとも動かさず言う。

「今だからこそ、でしょう」

「と、言いますと？」

「北の大魔帝がまだ健在な今なら、我がアライオンはミラだけに集中できません」

「で、ですが……あまりに無謀が過ぎませぬか？　神聖連合内で内輪揉めが起これば、それは結果として大魔帝を利するわけで……」

「その通りです。この大陸の保持する対大魔帝戦力を内輪揉めで消耗してしまっては、結局、あとでミラも困る危険性があるわけです」

得をするのは大魔帝だけに思える構図。

が、しかし——である。

ヴィシスは笑みを深めた。

「しかし……やはり我がアライオンに反旗を翻すなら、ここしかなかったとも言えます。平時であれば、いくらあのミラ帝国と言えど、他国から包囲されて終わりですから」

ミラのすぐ北にはヨナト公国が位置している。

両国の関係は良好とは言えない。間違いなく、ヨナトはアライオン側につく。

そしてミラの東に位置するウルザ。

ウルザの王である魔戦王は、とかくヴィシスを恐れている。

だからまずヨナトとウルザはこちら側につくだろう。

こうなると、ミラは北と東から挟み撃ちされる形となる。

が、現在ヨナトは先の大侵攻で瀕死の状態にある。

つまりミラにとっては現在、北の憂いがなくなっている状況。

戦力が薄いと言えば、大陸北部の大半を占めるマグナルも同様である。

少なくとも先の戦いで戦力の7割を失っている。

残る3割にしても、うち2割については東軍に編入されていた白狼騎士団とその預かりの軍だ。そして、この残った精鋭2割は今も東部に残り防衛線を張っている。

しかもである。

マグナルの白狼王は現在、生死不明で行方が知れない。

さて、その他の国——ネーア聖国やバクオス帝国はどうだろうか？

やはり両国とも先の戦いでかなり消耗している。

当然、すぐさま大がかりな戦争を行える余力はあるまい。

つまり——現状ミラが相手取ればよい勢力はアライオンとウルザの二国のみ、ということになる。

ここアライオンの軍にしても無傷ではない。

先の魔防の白城における戦いでそれなりの兵を失っている。

そして——ミラはというと、先の大侵攻においてほとんど戦力を失っていない。

「……なるほど。そう考えれば、ミラが挙兵するにはこの機会しかありませんな」

公爵が納得し、唸る。

「ですが、それでも……皆で手を取り合って協力せねばならぬこの状況で、今回の狂美帝の行動はやはり狂っているとしか言えませんぞ」

「そうですねぇ……狂美帝は以前から、アライオンの立ち位置に思うところがある様子でした。ですがここで裏切るというのは、さすがに……何せ、自殺行為ですからね。本当に──何がしたいのか。わけがわかりません。わけがわからないのです」

「確かに……ヴィシス様に逆らうなど、正気とは思えませぬな」

　ヴィシスの笑みが引っ込み、嗚咽が漏れる。

「ぐすっ……ぅ、うぅ……」

「ヴィシス様……？」

「私はこんなにも身を粉にし、日々人々のために奉仕しているのに……こんな形で人間から牙を剝かれるなんて……あまりにひどすぎます。あなたも、そう思ったはずです」

「……はぁ」

　気のない返事をする公爵。

「…………………」

「あ、いえっ──そうですな！　民のために全身全霊で尽くしてきたあなたを、こうもないがしろにするとはっ──許せぬ話です！」

「勇者は勇者で、どうにも七面倒くさい方々が揃っていますし……あぁ、私はなんと不幸なのでしょう。まるで世界の不幸を、一身に引き受けているかのような……」

「ふぅむ……おっしゃる通り、キリハラ殿やヒジリ殿は何を考えているか読めないところがありますな。ですが、アヤカ・ソゴウ殿などはよき勇者なのではありませんか？」

「うん？」

「？」

「ふーむ」

ヴィシスは椅子の上で身体の向きを変えた。そして軽く姿勢を崩し、

「ふふふんふんふんふ～ん、ふふふんふんふ～ん、ふんふ～ん♪　ふんふふ～んふ～ん♪　ふっふふっふふ～ん♪」

突然、鼻歌を始めた。

戸惑う公爵。

〝脈絡なく何を始めたのだろう？〟

そんな心の声が、伝わってくる。

ほどなく——ヴィシスは鼻歌をやめた。

それから、ツゥー……、と机の縁に指先を滑らせる。

その指先を自分の顔の前に持ってくるヴィシス。

指先には薄らホコリが付着していた。そうしてヴィシスは、

「——フッ——」

指先に息を吹きつけた。ホコリが宙に舞う。やがて、

「ええっと、ですね」

緩く、公爵の方へと向き直るヴィシス。

「今、何かおっしゃいました……？　うん？　E級勇者を廃棄した時、急に錯乱して女神に逆らってきた勇者が……〝よき勇者〟などと聞こえた気がしたのですが。その……当然のごとく、聞き間違いか何かですよね……？　大丈夫ですか？」

公爵は青ざめて冷や汗を流していた。彼は口を開き、震える声で言った。

「ヴィシス様……で、ですがご存じの通り、彼女は先の魔防の白城における戦いで獅子奮迅の働きを見せました。決して少なくない者の命が彼女のおかげで救われたのは事実でして……兵の中にも、彼女へ好感を持つ者は多く……」

「…………………」

「か、かく言うこの私も！　彼女の決死の戦いぶりには、こ、心を動かされた次第でありっ――」

バァン！

ヴィシスが机の表面を、てのひらで勢いよく叩いた。ニッコリ顔のままで。

「すみません、よく聞こえませんでした」

「あ、あの戦場にいれば、その――ご理解、いただけるはずっ……か、彼女は……あの死

地にあって、一人でも多くの者の命を救うために――」

バァアンッ！

公爵の言葉を、遮るかのように。

ヴィシスの机を叩く音が、室内でさらに大きく響いた。

やはり――その表情は、笑顔のまま。

さらに、

バァンッ！　バァンッ！　バァンッ！　バァンッ！　バァンッ！　バァンッ！　バァンッ！　バァンッ！　バァンッ！　バァンッ！

最後に、

バァァアン―――――ッ！

さながらとどめとばかりに、そんな巨大な音がして。

次いで、静寂が訪れた。

ヴィシスは――再び、笑顔で繰り返す。

「すみません、よく聞こえませんでしたいいいいいいいいいいいいいいいい

「すみません、よく聞こえませんでした」

公爵がピンッと直立する。

口から心臓でも飛び出さんばかりの緊張感が、彼から伝わってくる。

「わ、私は……」

ゆっくり、口を開く公爵。

「私は……そう褒められた嗜好（しこう）の持ち主でもありません。人に誇れるような清廉な人間ではない、という自覚もありますっ……で、ですがっ――」

ゴクリッ

強く唾をのんでから、公爵は、己の左胸に手を添えた。

「あ、あれほどまでに、正しく、真（ま）っ直（す）ぐな心根を持った勇者を――私は、他に存じませぬ！　戦局を決定づけたのは確かに例の蝿王（はえおう）ノ戦団でしょう！　しかしっ……アヤカ・ソゴウがいなければ、あの蝿王が来るまで我々が持ちこたえられなかったのは明白……ッ！　あの竜殺し（ドラゴンスレイヤー）を下した人面種（じんめんしゅ）三匹を倒したのも彼女ならっ……側近級と互角に戦い、蝿王ノ戦団の到着まで時間を稼げたのも――か、彼女だけだったのです！」

「…………」

極めて短く呼吸を整え、公爵はさらに続けた。

「……ヴィシス様が、そ、ソゴウ殿に対し何かよくない心証をお持ちなのは理解しております。ですが、共に戦うのならば……心証はひとまず横へやって、ソゴウ殿としっかり手を携えるのが、最もよい選択かと……私は、そう考える次第にございます……」

「…………」

笑顔は維持したまま、ヴィシスはしばらく固まっていた。

張りつめた沈黙が室内を支配している。

音と言えば、数回ほど公爵が唾をのみ下した音くらい……。

しかし――やがて、その沈黙は破られた。

「はい、よく言えました♪」

「……は？」

「申し訳ありません。実は、あなたを試したのです」

「？」

「おかげで、あなたのことがよくわかりました」

微笑むヴィシス。

「ふふ。一軍の司令官ともなると、私の意見をただ肯定するだけでは務まりません。自分の意思をしっかり持ち、それを曲げぬくらいの芯の強さがなくては信頼できる配下とは言えないでしょう。間違っていると思ったなら、臆さず上の立場の者にも進言できる――本当の信頼関係とは、そういうところから生まれるものなのです。ですので、ポラリー公は合格です♪」

公爵が、ホッと安堵の息を漏らした。

「そ、そういう試験だったのですか……女神様も、お人が悪い……」

「ふふふ、私は〝人〟ではありませんけどね」

「ははは……そうでしたな」

ヴィシスはそれからいくつかの指示を伝えたのち、

「それでは頼みましたよ、ポラリー公」

言って、公爵を下がらせた。

こうして、一人執務室に残ったヴィシスは――思索を始める。

ナメすぎである。

ポラリー公爵の言葉は間違っていない。

北の大魔帝。

西のミラ。

この二つの〝挟み撃ち〟は、確かに厳しい。

が、狂美帝は本気で人の身で勝てると思っているのだろうか？

狂って、いるのだろうか？

ミラの現皇帝――

ファルケンドットツィーネ・ミラディアスオルドシート。

〝狂おしいほどに美しい〟

類稀なるその美貌から〝狂美帝〟と称される若き皇帝。

摑みどころのない性格の人物としても評判である。

が、アレは狂ってはいない。

否……どころか、まっとうな切れ者と言っていい。二人の兄にしても同様だ。

ヴィシスもそこは見抜いている。

つまり――あのミラが、勝算なしに宣戦布告などするはずはない。

今回の狂美帝の挙兵は、根源なる邪悪を滅する上での明確な〝阻害行為〟。

女神としては〝排除〟せねばならない――〝排除可能〟である。

「…………」

そういえば、と記憶を掘り起こす。

あれはかつて、魔防の白城に各国の代表者が集った時のことだった。

あの時、狂美帝が神殺しの伝承に触れる発言をしていた。その時ヴィシスは、

『あの、そのお話って長くなりますか？　この場でする意味のあるお話なのでしょうか？

大丈夫ですか？』

と、軽く流したが……。

しかし、である。

女神率いるアライオンを相手取って、本気でミラは勝てると思っているのか？

とすれば――どうやって？

カリッ、カリッ……

椅子の上で立て膝をし、ヴィシスは思案顔で爪を噛んだ。

「……………………………禁呪？」

ヴィシスの中で急速に思考が連鎖していく。

そこでふと、送り出している勇の剣が気になった。

最果ての国の位置は、ミラに近い。

「狂美帝がもし禁呪の存在を知っていて、その呪文書を手に入れていたら？　神獣周りの情報を、なんらかの手段で得ていたら……」

ヴィシスは考える。

自分なら、どうする？

「勇の剣の連れている神獣を奪い取り、禁字族と接触————まずい」

いや……、と考え直す。

勇の剣がそう易々と神獣をミラ側に奪われるだろうか？

〝勇血最強〟ルイン・シール。

シビトと同格——あるいは、それ以上の素質を持つ者。

そうおだてはしたが、実力ではあのシビトには及ばない。

が、ミラの輝煌戦団に劣るとも思えないのである。

しかも勇の剣にはルイン以外にもサツキをはじめ強者が揃っている。

集団戦においても、そこらの中隊規模くらいなら十分やり合えるはず。
神聖剣の使い手である狂美帝も実力者とは聞くものの……。
やはりあのルイン・シールが負けるとは思えない。
さて……そのルイン・シールを倒せる者がいるとすれば、誰であろうか？
自分と、故シビトは除外するとして――
タクト・キリハラ？　ヒジリ・タカオ？　アヤカ・ソゴウ？
確実にルインを凌駕（りょうが）するとなれば、第六騎兵隊長だが……あれは味方側。
現状〝黒狼（こくろう）〟ソギュード・シグムスも味方側と言っていい。
となると、ミラの敵対者側で思いつくとすれば――
「いない」
と、そこで一つ思い出す。
敵とも味方ともつかぬ存在が、一人いた。
「蝿王ノ戦団……蝿王、ベルゼギア」
この不確定要素が、どうにも収まりが悪い。
あの〝人類最強〟をも下したという呪術の使い手。正直、気味が悪い。
しかもその呪術は魔族にも効くという。
なんと、側近級の第一誓を殺してみせたのだ。

古代の魔導具と思しき兵器までも、用いるとか。

これは――どうにかしなくてはならない。

幸い、蝿王は第一誓を殺している。つまり大魔帝側ではない。

最善なのはこのまま味方に引き入れることである。

そうなれば、異界の勇者も不要となるかもしれない。

今も手駒を使って蝿王の行方を捜索させてはいる。

一応、第六騎兵隊とあのA級勇者にも〝もし遭遇し、味方に引き入れられそうならば勧誘を〟と、命じてある。が、もし誘いを断った場合――

「消すしか、ありませんねぇ」

邪魔も邪魔である。

五竜士を殺された時点で、そもそもふざけた邪魔をされているのだ。

ただ、手駒に加わるのなら――悪くはない駒。

加入の流れは不明だが、あの姫騎士も加わっているという。

つまり蝿王ノ戦団は、ネーア聖国には味方すると考えていい。

たとえば、そのネーア聖国関係を交渉材料にすれば――こちら側へ引き入れられる可能性も、高くなるかもしれない。

そう、魔族にも有効な呪術の秘密をこの手中に収められれば――

「…………」

そこでヴィシスは、椅子に深く腰掛け直した。

それよりも——まず狂美帝だ。

しかし……おかしい。

ミラにもヴィシスの徒を配置してあった。

ヴィシスの徒は、何をしていたのだろうか？

なぜ、今回の反乱の情報が何も入って来なかったのか？

ヴィシスの徒が裏切った？

「いいえ、まさか」

あのヴィシスの徒は女神の心酔者。裏切る確率は限りなく低い。

そのヴィシスの徒は出身地がミラであった。ミラのしきたりなどに詳しく、土地勘もある。ゆえに適任と考え、ミラ担当に抜擢した。

と、そこで気づく。

出身地ということは〝親族〟も、ミラに住んでいるわけで——

「……………人質」

ダンッ！

ヴィシスは、机をこぶしで叩いた。

あった。

唯一、裏切る可能性。

アレは女神の心酔者だが〝家族〟や〝親族〟にだけは滅法弱い。

そう――狂美帝はおそらく、現地の親族を人質にした。

ゆえにヴィシスの徒は虚偽の報告をせざるをえなかった。

人質にされた親族の身の安全と、引き換えに。

「くっ！　親族を人質に取り、思うまま操るなどっ……完全に人の道を外れた行為っ――」

ヴィシスは糾弾の声を上げた。

「なんと、卑劣な……ッ！」

卑劣な手段を用いて反旗を翻してきた愚かな狂美帝。

想像以上に心の折れない頭のおかしいアヤカ・ソゴウ。

同じく頭がおかしくなって女神に反論をはじめたポラリー公爵。

「…………」

項垂れたヴィシスは、まるで、机の上にへばりつくような恰好になっていたが――

ひょこっ、と。

机の表面につけていた額を上げた。

あごは、まだ机の上にのせたまま。

表情は能面。

のっぺりしていて、なんの感情もうかがえない。

言うなれば〝虚無そのもの〟のような表情。

金の瞳が、不気味なほど綺麗(きれい)な円を、描いている。

そして――

「が」

残りは声に出さず、ヴィシスは、口の動きだけで言った。

〝がきどもが　ちょうしにのっている　〟

1. 最果ての国

長らく続いた樹林帯が、その領域を狭めていく。

陽は中天に昇り、日差しは強い。

魔物もすっかり見なくなった。ここはもう——魔群帯の領域内ではないのかもしれない。

ただ、それを度外視しても生物の気配がない。

目に見えて、岩場が増え始めていた。独特の岩粉っぽさが鼻をつく……。

山岳地帯とまではいかないだろうが、明らかに緑が減ってきている。

途中、集落跡を見つけた。一応、軽くざっと見て回った。

ここらでは昔、採掘なんかが盛んだったのかもしれない。

しかしその集落はもう打ち捨てられていた。

もう長い間、ずっと放置されているみたいだった。

作物を育てるのに向いた肥沃な土地でもない。採掘場としても無価値——不毛の地。

戦略上、重要な地帯でもなさそうだ。

誰からも興味を持たれない場所。

裏を返せば——人に見つからぬよう隠れ潜むには絶好の場所、ともいえる。

俺は地図から視線を外し、視線を上へ移動させていく。

「ここだな」

切り立った岩壁が、東西へとのびている。ずっと、長く。

辺りに特に目立つものはない。なんというか――いかにもな〝自然の風景〟である。

あまりに自然すぎて、作り物めいているとすら思えるほどに。

岩肌に手をのばす。

その岩の壁を――俺の手が、通り抜けた。

「ふニャぁ!?」

ニャキが驚く。

「これが――エリカの言ってた幻術か」

あまりに〝自然〟過ぎて逆に不自然。

エリカが幻術の特徴について語っていた。本物の自然に備わっている〝遊び〟の余地を作るのは難しい、と。幻術の弱点は、それだという。

「……行くか」

俺たちは、壁の中へ足を踏み入れた。

幻術の壁を抜けると、谷間の道に出た。

道は先へ続いている。左右は切り立った崖。

道幅は、けっこうな広さがあった。

今のところ近くに生き物の気配はない。
かろうじて、たまに空を行き交う鳥を目にするくらい。
そう――空は見える。上空から俺たちは見えるのだろうか？
空の鳥の感じからすると……。
上空からは、幻術によって他の風景が見えている気もする。
俺たちは、足を進めた。
歩きながら、俺は気になっている情報について考えていた。
たとえば勇の剣を襲ったというミラ帝国の刺客の件……。
この情報はルインたちが明かした。
ミラの刺客は神獣――ニャキを手に入れようとしたらしい。
これをどう解釈すべきか？
やはり、最果ての国を潰そうとしていると考えるのが妥当か。
先の大魔帝軍の大侵攻……。
ミラは主力をほぼ完全に近い形で残していると聞いた。
それを率いる狂美帝自身も未知の強さの持ち主らしい。
アライオンの連中と同時にぶつかるとなると――少々、厄介な相手かもしれない。
国としても、国のトップである個人としても。

それから……ニャキの〝ねぇニャ〟ことニャンタン・キキーパット。
以前、イヴの口からその名が挙がっていたのを思い出した。
アライオンの戦力の中では強者の部類。
ニャキの家族の中では唯一、どこかで対峙する可能性がある人物だろう。
名前を聞いておいてよかった。
この人物だけは、どうあっても殺すわけにはいくまい。
そして――アライオン十三騎兵隊。
こっちも、忘れるつもりはない。
『ある日、その集落が…アライオンの騎兵隊だと名乗る人たちに壊滅させられて……』
リズが暮らしていた集落を襲った連中。
ただし、勇の剣と違い〝どいつがやった〟というのが絞りにくそうではある。
隊が十三にも分かれているのなら大所帯だろう。
全隊が集落襲撃に参加していたわけでもあるまい。
……当時その襲撃に参加したヤツらが、今もいるとは限らねぇしな。
ただ、こっちも機会が巡ってくればケリをつけたい案件だ。
リズのためもあるが、何より――俺自身がスッキリする。
なんてことを考えていると、

「何か、光ってますニャ」

先を指差し、ニャキが言った。

見えるのは巨大な銀色の扉。と言っても、ややくすんでいるので鉄色に近いかもしれない。術式めいた奇抜な彫刻の施された門。

その、中央下部――水晶球が嵌め込んである。

事前情報通りだ。

懐からエリカから譲り受けた水晶――〝鍵〟を取り出す。

これをあの水晶球の中に投じれば光を発し、開くらしい。ただ、

「ニャキがいるから……こいつを使うまでもなく、近づけば開きそうだな」

荷物から蠅王のマスク取り出し、被る。

最初はぱっと見で〝人間〟と判断できない方がいい気がする。

元々、人間の世界から逃れてきた者たちが集った国である。

俺たちの中で人間は俺だけ。

ひと目で人間とわかった途端、攻撃を受ける可能性だってある。

今の住人たちの人間への敵意がどのくらいかは不明なのだ。

しかし、マスクを被っておけば少なくとも初見で〝人間だ、殺せ！〟は回避できるかもしれない。マスクを被っていれば、中身が亜人の可能性を残せる。

「……エリカが使い魔としてついてきてくれるのが、一番だったんだがな」

〝使い魔を通して最果ての国の王と意思疎通する〟

これが、ベストだった。

今ならこっくりさん風の文字紙もあるので、長時間のやり取りも可能。

が、どうもこれは無理な気配がしてきた。

というのも、本来はエリカの使い魔が合流するはずだったのである。

最果ての国の近くで使い魔が待機している手はずだった。

けれど――その使い魔が、一向に現れる気配がない。

以前、エリカから聞いた話を思い出す。

『使い魔だって、見た目や身体能力は普通の動物と変わらないの。で、常にエリカが中に入ってるわけでもないから……たまにそこらの獣とかに襲われて死んだりしちゃうのよね。で、数がいるといっても、ふんだんにいるわけでもないから……長くトーカたちと接触がない場合、近くにいた使い魔が死んだり、重傷を負ってるってことも頭に入れておいてちょうだい』

……どうも今回、それな気がしてならない。

実際、幻術の壁付近でふくろうの死骸なんかが見つかっている（スレイが見つけた）。

呟きほどの大きさで、独りごちる。

「あれが、エリカの使い魔だったのかもな」

クソ女神に場所がバレた以上、今、最果ての国には危機が迫っているかもしれない。

ゆえに、その件は早めに最果ての国の王に伝えた方がいい。

となると今……いるかいないかわからない使い魔を待ち続けるのは、厳しい。

扉を見上げる。

「——ま、なんとかなるだろ」

あとは——手持ちのカードで、どうにかする。

何より、

「トーカ殿」

声をかけたセラスに、俺は一つ頷いて言う。

「ああ」

ようやく、辿り着いた。

禁呪の呪文書——その秘密を握る一族。

禁字族が住むと言われる、伝説上の国。

亜人や金眼でない魔物たちが辿り着いた、その果ての国。

俺たちが近づくと、光がさらに強くなった。

扉が、ゆっくりと開き始める。

「ここからが本番とも言えるわけだが……ともあれ、ようやく——」

クソ女神への復讐を果たすための最重要パーツ。

禁呪。

「この手が届きそうなところまで、辿り着いた」

そうして、俺たちは扉の先へと足を踏み入れた。

扉の先は、洞窟になっていた。

というか、広い……。

パッと頭に浮かんだイメージは〝だだっ広い地底湖〟。

が、それだけではない。

文明の名残りがある。ここは遺跡でもあるのだろう。

石畳や岩壁から迫り出した建築物などが目につく。

中は、明るい。光を発する石が壁に埋まっていた。ミルズ遺跡にあった石と似ている。

幻想的で美しい光景と言えば、そうかもしれない。

しかし、今はそんな風景に目を奪われている場合ではなかった。と、いうのも——

「グムムムゥゥ……ッ」

俺たちの先——左右の斜め前に高台が見える。

その上に立つ、数人のやや小柄な人影。俺たちを取り囲むように、位置取っている。

人型で、犬に似た頭部……いわゆる、コボルトってヤツか。

ただ、目の色はグリーン。金眼じゃない。

ニャキが指示を求めるように口を開く。

「あ、主さん……」

俺たち以外の者がいる時は〝トーカ〟と呼ばない。呼ぶ時は〝主〟か〝ベルゼギア〟で、と伝えてある。しっかり守ってくれているようだ。

「にゃ、ニャキが何かお役に立てることはありますかニャ……？」

その時、高台の向こうで一匹の小型の竜（？）が飛び立った。

視界の端にそれを捉えながら、俺は答える。

「いや、大丈夫だ。今は、俺と同じように両手を上げて無抵抗を示しておいてくれ」

「わ、わかりましたニャっ」

「セラスたちも」

「はい、かしこまりました」

第二形態で身構え気味だったスレイも、構えを緩くする。

ここへは戦いに来たわけじゃない。協力を仰ぎに来たのだ。

必要なのは、蹂躙するための解法ではない。

必要なのは、友好を得るための解法。

ここで敵対的な動きをしたら今後の交渉がやりにくくなる。

スキル使用が必要になる局面はギリギリまで避けたい。

それに……他にも、魔物の気配がある。そいつらは隠れてるらしい。伏兵だろうか？

……さっき飛び立った小型の竜みたいなヤツ。伝令みたいな感じに見えた。

俺たちのことを〝上〟へ伝えに行った可能性がある。

話の通じるヤツが出てきてくれると、ありがたいんだが。

……そういえば、言葉は通じるのか？

たとえば、ピギ丸なんかは明らかに普段から俺の言葉が通じてる風だが――

「不死王ゼクトにお目通り願いたい。ワタシたちは、エリカ・アナオロバエルより〝鍵〟を譲り受けてここへ来ました。彼女の名を出せば、ゼクト王ならひとまず受け入れてくれるはずと聞いたのですが」

そうコボルトに話しかけてみる。が、返答はない。

コボルトたちが示したのは、首を傾げる程度の反応だった。

俺は足裏で地面を小さく擦ってみた。今の自分の声と、同じくらいの音量で。

サリッ

「グムムゥ！」

コボルトが、威圧的に弓を構える。

——聞こえてはいる、か。

しかし、言葉は通じていない。それでも、今のところ無闇に攻撃してくる様子はない。

と、そう思った時だった。

ヒュッ！

「！」

矢が放たれた。

セラスが剣を抜き、矢を斬り落とす。

彼女は少し腰を落として剣を構えると、盾のようになって俺の前方に立った。

「申し訳ありません」

背を向けたまま、謝罪するセラス。

「つい、身体が反応して」

今の俺ならあのくらいの矢は避けられる。

しかしセラスはそれを理解しつつ、反射的に動いてしまったようだ。

ゆっくりと、セラスが剣を下げる。

「動いちまったもんは仕方ないさ。ただ……」

セラスが剣を抜いたことで、

「グムムムゥウ！」

コボルト側が一気に殺気立った。そして、

「ゲグァア！」「キシャァアアア！」

潜んでいた他の魔物が姿を現した。仲間のピンチ、とでも思ったのだろう。

俺たちを、ジリジリ囲むように近づいてくる。

が、金眼はゼロ。

確かに——違う。俺たちを警戒してはいる。

けど、明らかだ。

なんというか。金眼どもとは、明らかに理性の〝質〟が違う。そう感じる。

チラと背後を見やると、扉はまだ開いたまま。今のところ、閉じる気配はない。

〝鍵〟であるニャキが近くにいるから、開いたままなのかもしれない。

「これは……言葉の通じる亜人や魔物がもういないってことも、ありうるかもな」

〝言葉の通じる種族が残っていない〟

このパターンは——まずい。その時、

「ピピピ……ピギーッ！　ポヨーン！」

ローブの中から、ピギ丸が飛び出した。

コボルトたちが驚いた反応を示す。

「!?」

攻撃は――してこない。

「ピギ！　ピギギギ！　ピギーッ！　ピ、ピ、ピ！　ピニュィ〜！　ピユイーッ！」

激しく鳴くピギ丸。何か……訴えかけてるのか？

と、

「グムム？」

「グ……グムグム」

「グムー……」

コボルトたちに、今までと違った反応が生まれた。いや――他の魔物もだ。

ピギ丸は、鳴き声を発し続ける。

「ピギ丸、殿……？」

セラスも目をぱちくりさせ、ピギ丸を見ている。

「？」

なんだ？　わずかだが……魔物の殺気が、減っていく？

「ピニュイ！　ピッピピッピッ！　ピッギッギー！　ピギーッ！」

まさか、ピギ丸――

「俺の言葉を、通訳……してんのか？」

ピギ丸がクルリンッと180度回転し、肯定の色を示した。

「ピギッ！」

「ピギ丸、おまえ――」

俺は、思わず右手を顔面にやった。自然とマスクの中でフッと笑みが漏れる。

「相変わらず器用なヤツだな……まったく、おまえはどこまで……」

「……ベルゼギア様、魔物たちの様子が」

魔物たちの様子には確かな変化があった。

保留とか、様子見とか――そんな感じに、なっていた。

ピギ丸の訴えが届いたのだろうか？　コボルトたちには判断に迷う雰囲気が漂っている。

俺は指示を出した。

「しばらく何もするな。ひとまず、待機だ」

「ピギー」

ピギ丸が鳴くと、コボルトたちが顔を見合わせる。俺の言葉を通訳したらしい。

そして――コボルト側も、静観の構えに入った。すると、

「何者か」

低い声が、響いた。少しエコーがかかった感じもある。

ほどなくして、曲がり角の向こうから明かりが漏れ出てきた。
光がこっちへ近づいてきている。そうして、角から姿を現したのは――
「まずは、武装を解いてもらおう」
肩の付け根から先が、翼のようになっている亜人だった。
手の先は人間っぽいが大きな鉤爪が確認できる。
二足歩行らしい。ももの付け根あたりから足先までは猛禽類のそれに似ている。
頭部にも羽に似た部位が左右へ生えていた。冠羽ってヤツだろう。
それ以外の造形は比較的人間に近い。
性別は外見から雌――女とわかる。
いわゆる……ハーピーってヤツか？
俺たちを睨み据える眼光は厳しく、鋭い。
衣服を着用し、武装している。なかなか洗練されたデザインに見える。
野暮ったい感じはない。多分、ハーピー専用に作られた衣類や装備なのだろう。
が、さっき〝何者か〟と問うたのはそのハーピーではない。
声が、違う。
というか……他にも、ぞろぞろと亜人や魔物がついてきている。
皆、武装していた。前を見たまま俺はセラスに言う。

「武器を捨てろ」

はい、と剣を捨てるセラス。俺も腰の短剣を抜き、地面に放った。

ピギ丸、スレイ、ニャキは武装していない。

武器を捨てたのを見てハーピーが双眸（そうぼう）を細める。ハーピーは、

「――ふん」

と、鼻を鳴らした。

俺にとって短剣は大した武器じゃない。主力は――状態異常スキル。

何かあっても、いつでもそれで対応できる。

「魔導具のたぐいは？」

「攻撃用のものはない。信用できなければ、荷物を調べてもらってもいい」

「調べに近づいた者を人質に取られてはかなわん」

それを警戒するか。利口だ。と、

「よい」

一つの影が列を割って前へ出てきた。

出てきたのは王冠を被（かぶ）った〝骸骨〟。

エコーがかった低い声……さっき〝何者か〟と問うたのと、同じ声。

骸骨は王冠を被りローブを纏（まと）っている。右手には、錫杖（しゃくじょう）。

ミルズ遺跡のスケルトンキングとは違う。

言うなれば真の意味での〝スケルトンキング〟、か。

骸骨王の斜め前に盾のごとくハーピーが位置取る。

他の者たちもその両翼めいて広がり、構えを取った。

〝下手な動きをすれば、こちらはいつでも攻撃に移れる〟

という意思表示。骸骨王が、さらに問う。

「ここへ……何をしに来た？」

ニャキを見る骸骨王。

「そちは……神獣か。それに――」

改めて骸骨王が、俺たちを観察する。

「魔物に……エルフ……そして、蠅王（はえおう）の仮面……そちは――」

手にした杖（つえ）の先を俺へ向ける骸骨王。

「もしや……人間か？」

「はい」

俺が認めると、向こうサイドが一瞬ざわついた。

ここは亜人や魔物たちが流れ着いた果ての国。彼らは人間の世界から逃れてここへ流れ着いた者たちなのだ。人間が招かれざる客扱いされるのは、当然と言える。

「………」

相手は最果ての国の〝王〟だ。ここは一応、ベルゼギアバージョンというか……礼節を守った態度で接しておくべきだろう。

俺はひとまず腰を低くして、骸骨王に言った。

「不死王ゼクト殿と、お見受けいたします」

「……いかにも」

内心、安堵（あんど）する。

骸骨の姿をした王。

エリカから聞いた通り。

最果ての国の王は――変わっていない。ならば、

「エリカ・アナオロバエルより、我が目的を果たしたくば最果ての国を訪ねよと……そう助言を得て、ここを訪ねました」

「！」

ハーピーの顔色が変わった。

「ゼクト様っ……この者、今、アナエル様の名を……ッ！」

ん？　アナエル？　エリカはここだと、そう呼ばれてたのか？

……そういや〝エリカ〟は後付けで、本当の名前じゃないんだったな。

多分〝アナオロバエル〟だと長いので〝アナエル〟と短縮して呼ばせていたのだろう。ま、英語名の短縮形みたいなもんか。〝ベンジャミン〟を〝ベンジー〟と呼ぶみたいな。

「……それが真であるなら、そちたちを受け入れるか否か、考の余地はあるのかもしれぬな。しかし……その言を無条件に信じるのも難しい。そちを信ずるに値する証拠を、何か示せるのか？」

「ワタシはエリカ・アナオロバエルより〝鍵〟を渡されてここへ来ました。ここの場所も、彼女に教えてもらいました。そして証拠ですが……」

懐に手を入れる。

不穏な動きと取られたのか、相手側の攻撃の気配が強まる。が、

「よい」

ゼクト王が手を上げて制した。俺は懐から、封蠟がされた手紙を取り出す。

「エリカ・アナオロバエルよりこれを預かってきました。この手紙をあなたに渡せば、ワタシたちが彼女から信を得た者とわかるはずだと」

ハーピーが視線でゼクト王に問う。頷きを返すゼクト王。

と、ハーピーが近づいてきて俺から手紙を受け取る。

『アナオロバエルの名を出すだけでは足りない時は、これを渡すといいわ』

エリカから、そう言われていたが――

「ふむ……」

手紙をハーピーから受け取ったゼクト王が、パキッ、と封蠟を割る。

封を解くと、ゼクト王は折り畳まれた手紙を広げた。

すぐに中身へ目を通し始める（まあ、骸骨なので眼球はないのだが）。

その間も、不死王を守る兵たちの警戒は緩むことがなかった。

長い沈黙の時が流れる。

手紙の内容が長く、読むのに時間がかかっているらしい。

が、やがて――ゼクト王は、骨の指で丁寧に手紙を折り畳んだ。

大切なものを扱うみたいな、そんな手つき。

手紙を畳み終えたゼクト王は、しばらく黙した。そして、

「確かにこれは、ヨとアナエル殿でなくては知らぬ情報であるな」

俺は中身を見ていないので、何が書かれているかは知らない。

どうやら手紙の中には、ゼクト王とエリカしか知りえない情報が綴られていたらしい。

それによって〝この手紙は確かに、エリカ・アナオロバエルの書いたものである〟と証明されたようだ。さらに、

「アナエル殿との取り決めで、脅されて書かされたような場合はヨにしかわからぬ印を入れることになっている。そして、どうやらその印は見当たらない。つまりこの手紙は脅し

などの手段によってそちがアナエル殿に無理矢理書かせた手紙でない、ということになる」

そういうやり方もあるわけか。さすがはエリカ。用意周到だ。

俺がアレコレしなくても手紙が本物だと証明してくれた。不在でも、頼りになる。

「そちたちのことも、ひとまず承知した」

ゼクト王はそう言うと、一度、頭上を仰ぎ見た。まるで、決意を噛みしめるみたいに。

「本来、この国が人間を受け入れることはない。しかし、アナエル殿——今は〝エリカ〟と名乗っているようだな——は、この国にとっての大恩人。そしてそちは、あのアナエル……エリカ殿から〝鍵〟を譲り受けた者。彼女が信ずるに値すると判じたのであれば、ヨは、そちを受け入れるしかあるまい」

俺は拝跪した。

「感謝いたします、ゼクト王」

「そちたちはもう大事な客人。そうかしこまる必要はない」

ゼクト王は仰々しく身を翻すと、ハーピーに指示を出した。

「この方たちを我らが国へお連れしろ、グラトラ」

ゼクト王たちは先行して歩いて行く。

「では、わたくしについていてきてください」

王のお付きっぽいハーピーが無愛想にそう言うと、武装した他のハーピーたちが俺たちの周りを固めた。

まだ完全に信用を勝ち取れてはいない、か。

俺たちは、移動する王の列の最後尾につく。

そして、そのまま先行する王たちの一団についていく。

つーか……ハーピーも、飛ばずに歩くんだな。

なだらかな広い階段を、おりていく。

おり切ると、同じく広い回廊が現れた。

回廊は一本道のようだ。

歩を進め、やがてその回廊を抜けると——一気に視界が開けた。

「これは……」

広がる光景に驚きの声を漏らすセラス。ニャキも圧倒されてか、

「は、ニャぁ……」

と、呆けた声を出した。

ひと言で表現するなら〝地下王国〟とでも言えるだろうか。

かつては地下都市的な文明世界があったのだと思われる。

そこに増築や改築を繰り返し、今の姿になったのだろう。

建物には蔓がはったりもしていた。

都市をぐるりと囲む巨大な岩壁。その壁の付近は段々になっていた。

段が壁に近づくにつれて、高くなっている。各段の上には建築物が並んでいた。

さらに階段をおりていくと、大きな通りに出た。

通りはずっと先へ真っ直ぐ続いている。

見ると、先行する王たちとの距離はけっこう開いていた。

ハーピーに促され、再び歩き出す。

住人たちが舗装された道を行き交っていた。

顔ぶれは多様。

竜の頭部を持った人型の種族や、獣の頭部を持った人型の種族。

上半身が人型で、下半身が馬型の種族。オークと思しき種族。ゴブリンっぽいのもいる。

今、ユニコーンみたいなのが路地を横切った。

……見ると、ミノタウロスみたいなのもいる。

数も多い。

そして金眼は——やはり見当たらない。

あの独特の狂暴性も、やはり感じない。

……人ならざる者たちの楽園、か。

王のお付きっぽいハーピーが、その場に立ち止まっているニャキを促す。

「止まらず、さっさと歩きなさい」

あのハーピーは、グラトラとか呼ばれてたな。

ハッとなったニャキが慌てて追いついてくる。

「も、申し訳ございませんニャっ」

まあ……思わず立ち止まってこの光景に釘(くぎ)づけになるのも、無理もあるまい。

こんな風に亜人や魔物が集っている光景は、俺も初めて見る。

そんな俺たちには物珍しそうな視線が注がれていた。見慣れぬ顔ぶれは注意を引くのだろう。ま……物々しく兵に囲まれているせいもあるか。

が、そこまで警戒心は強くなさそうだ。

道を行く〝新顔〟の中に人間がいないからかもしれない。

耳でエルフとわかるセラス。見た目は獣人系の亜人とさほど変わらないニャキ。

スレイも魔物として見られているだろう。ローブから顔を覗(のぞ)かせているピギ丸も魔物。

そして俺はというと、蠅王のマスクを被(かぶ)っている。

王は俺を人間だと言い当てたが、まだ一般の住民には知れ渡っていない。

彼らはまだ、俺が人間だと知らない。

「……？」

セラスだけ、注がれる視線の質がちょっと違う感じがあった。

案外、他種族から見てもセラスは〝美しい〟と映るのだろうか？

あの視線や反応からすると、意外とその予測は当たっているのかもしれない。

俺は再び、周囲へ視線を巡らせた。

ただ……エルフとかダークエルフの姿は、今のところ見当たらない。

……にしても、けっこうな規模だな。

しかも、グラトラやハーピー兵みたいに武装してるヤツもいる。

一応〝戦力〟は存在するわけだ。

「ベルゼギア様」

俺へ身を寄せ、セラスが小声で話しかけてきた。

「例の件……まだ伝えなくてよいのですか？」

例の件。アライオンの軍勢がここへ攻め込もうとしている件のことだろう。

「さっき先に伝えるだけ伝えるってのも考えたんだが……できれば、王と二人きりの時に伝えたい。あの時点で他の連中の耳に入ると、危険かと思ってな」

〝人間が攻めてくる〟

そんな情報だけが無闇に広まると、混乱を引き起こしかねない。

幸い、あの王さまは道理のわかる相手に思える。

「だから、まずは王にだけ伝えるつもりだ。で、そこからどうするかは……ゼクト王次第って感じか」

「なるほど……そういうお考えでしたか」

「早めに伝えた方がいいのはその通りだが、半日後とかにすぐ攻め込んでくるわけでもないと思う」

アライオンとここの間には、魔群帯を東から西へ抜けるほどの距離がある。

平常時において、ここと近いウルザの国にアライオンの兵力は置かれていない。

ミラも同じだ。

基本、他国へ置かれているアライオン勢はヴィシスの徒のみ。

勇の剣がそう言っていた。

なのでアライオン十三騎兵隊も普段はアライオンで待機している。

ニャキじゃない方のもう一人の神獣も、同様だという。

第六騎兵隊ともう一人の神獣は、最果ての国の位置が確定してから動き出す――アライオンを、発つ。そうなっているらしい。

となると、到達するにはまだ時間があると考えていい。

グラトラが振り返る。

「そこ、何をコソコソと話しているのですか」

何を話していたのか、とグラトラがさらに詰問してきた。

俺は、落ち着いた調子で答える。

「ゼクト王は信頼できそうな相手だと、そう話していました」

訝しげな目で俺たちを睨むグラトラ。引き締まった顔つきで、彼女は言った。

「……当然です。ゼクト様は王として素晴らしい才覚を持ったお方。我が王に対し無礼や狼藉を働いたら、このわたくしが許しません。いいですね？」

「肝に銘じておきます」

随分、配下の信頼を得てるらしいな。

それからしばらく歩くと、遠目に見えていた城が近づいてきた。

目的地はあそこらしい。

城の背後も岩壁になっている。というより、城と背後の岩壁が同化している感じだ。

元々そういう造りの城なのだろう。

奥の本丸っぽいところへ近づくほど高所になっている。

あの本丸っぽい場所からはここら一帯が一望できるわけだ。

そうしてさらに歩き、俺たちは城門に辿り着いた。

城門をくぐり、本丸を見上げる位置に立つ。

セラスが吐息を漏らした。そびえ立つ威容に、少し感銘を受けたらしい。

「まさに……古代の大要塞、といった趣ですね」

ニャキも驚いている。

「はい……近くで見ると、すごいのですニャぁ……はぁニャぁ～」

この距離で辺りを見渡すと蔓や苔がそこかしこに見られた。

地下といっても、ゴツゴツした岩ばかりではなさそうだ。

特に、城の敷地内には手入れされた花や草木も確認できる。

畑と思しきものも見えた。コボルトが腰を丸め、畑の手入れをしている。

城門の両脇に立っているのはオーク兵。槍を手にし、帽子型のツノつき兜を被っていた。

大魔帝軍のオーガ兵に比べるとややサイズは小さいが、肉づきはこっちの方がデプッとしている。一方のオーガ兵は、筋肉のかたまりという感じだった。

俺たちに一瞥をくれるオーク兵。が、それ以外は微動だにしない。

意外と、物静かな種族なのかもしれない。

「こっちです」

グラトラに先導されて城に入る。

城内には、長い年月を感じさせる雰囲気があった。

しかし掃除は行き届いているみたいだ。

築年数は古いが手入れはちゃんと行き届いてる家……みたいなもんか。

城内にも亜人の姿が認められた。メイドみたいな恰好のヤツもいる。

馬型のスレイが城内に入っても、驚く者はいない。

多分ここが人間の国とは感覚が違うところだ。

普通は、ここまで馬が侵入してくればびっくりするはずである。

ただ、それとは別に……珍奇なものを見る視線が俺たちを射抜いている。

城まで入ってくる新顔は珍しいのだろうか。

ちょこちょこ俺の様子をうかがっていたグラトラが、

「あなたは、それほど物珍しそうな反応をしないのですね」

俺を見て、そう言った。……つーか、マスクを被っててもそう映るもんなのか。

「グラトラ殿は、ワタシに物珍しそうにしてほしいのですか？」

そう返すとグラトラは、ぷいっ、とそっぽを向いた。

「いいえ、そういうわけではないですが」

素っ気ない態度のまま、階段をのぼっていくグラトラ。

俺たちもやはりそのまま彼女について行く。そして、一つの部屋へ案内された。

「あなたたちはこの部屋で待っていなさい。準備が整ったら、改めて使いの者が呼びにきます」

　そう言い残し、グラトラは部屋を出て――

「わたくしは監視役としてここに残ります」

　行かなかった。他のハーピー兵たちも、同じくここに留(とど)まるようだ。

　……ま、当然の処置か。

　エリカの手紙の効果があるとはいえ、まだ信頼を得たとは言い難い。

　特に王以外の連中はそうだろう。

　とりあえず王に言われたから俺たちを受け入れた。多分、まだそんな感じだ。

「あちらの椅子を使っても？」

　尋ねると、グラトラは黙って頷(うなず)いた。

　まずセラスとニャキが隣り合って座る。続いて、スレイがその二人の斜め前の床に伏せた。最後に、俺が座る。

　俺の今の位置は、ちょうどグラトラの正面。……雑談でもするか。

「新参者がこの城へ足を踏み入れるのは、珍しいのですか？」

「…………」

　返事は来ない。

　変わらず鋭い眼光でこっちを睨みつけている。やはり猛禽類(もうきんるい)の目を強く思わせる。

……いやまあ、ハーピーなんだからそうか。
と、ニャキが心配そうにこっちを見ているのに気づく。
友好的とは言えないグラトラの態度に不安を覚えたのだろう。
が、さほど問題はなさそうに思える。
警戒心はあるが――悪意はない。害意も感じない。
彼女は単純にこの国を――王を、守りたいのだろう。
要するに、生真面目なのだ。その分、あまり融通はきかなそうだが。
やがて、
「グラトラ様」
下半身が蛇になっている女の兵が、ドアを開けた。
上半身の方はぱっと見、人間と遜色ない。
あれは、いわゆるラミアってヤツだろう。
恰好はどこか騎士を思わせる装い。
露出は多めだが――まあ、あれも騎士装と言っていいのか。
グラトラが立ち上がり、自分についてくるよう俺たちを促す。
そうして俺たちは彼女に連れられ、城内の一室へ通された。

部屋の中にはゼクト王がいた。

ちなみにそこはいわゆる謁見の間みたいな部屋ではなかった。

会議室みたいな感じである。

話し合いなんかをするには、ちょうどよさそうな部屋だ。

中央には大きな長卓が設（しつら）えられている。

卓を囲むように、サイズの様々な椅子が置かれていた。

大きさが違うのは、種族ごとに体のサイズが違うためだろう。

入口から最も近い位置に椅子が一つ。人間サイズの者が座りやすそうな〝普通〟の椅子だ。そして、入口から最も離れた奥の席——そこに、ゼクト王が腰掛けていた。

「おかけを」

手で促すゼクト王。

「蠅王（はえおう）殿はどうぞ、ヨの差し向かいの席へ」

俺は言われた通り入口近くの席に腰掛ける。

俺に最も近い左右の席にセラスとニャキが座った。スレイは伏せず、俺の右横につく。

ゼクト王に近い左右の席には、誰も座っていない。

王の脇には、立ったままのグラトラがついた。

扉が、閉じられる。

「…………」

「どうされましたか、ベルゼギア殿？」

「いえ」

……ここにいる者以外の気配が、近くにあるな。

「さて——」

ゼクト王が切り出し、確認を取るようにして問う。

「そちたちがこの国を訪れた理由だが、禁字族（きんじぞく）に会うためで相違ないのだな？」

「はい。ワタシがここを訪れた理由は、禁字族に会うためで相違ありません」

「禁字族に会って何を？」

「……ぶしつけながら、ゼクト王に一つお願いがございます」

「聞こう」

「二人きりで話せないでしょうか？」

「なっ——」

困惑気味に反応したのは、グラトラ。

「隠し部屋にいる者たちも含めて——人払いを、お願いしたく存じます」

隣の部屋——いや、おそらく隠し部屋。

おそらくそこに、いざという時の兵を潜ませている。

そういうところは、ちゃんとしてるらしい。

決して能天気な連中じゃない。外からの脅威を、しっかり〝脅威〟と捉えている。

これは、悪くない傾向……。

と、グラトラが柳眉を逆立てて気色ばんだ。

「き、貴様何をふざけたっ――」

サッ、と。前のめりになったグラトラを、ゼクト王が手で制す。

「よい」

「で、ですがっ……もし、この者がゼクト様を亡き者にすべく、どこかから送り込まれた者であったら……ッ！」

落ち着いた態度のまま、王は言う。

「グラトラよ……エリカ殿がいなければ、我らは滅んでいた。彼らはそのエリカ殿が信じて送り出した者たち……ヨはエリカ殿を信じている。ゆえに、彼らも信じたい」

「し、しかしっ――」

ゼクト王が手を下げる。彼は一拍置いてから、俺を見据えた。

「禁字族と関係する事柄かは不明だが……何か、急ぎの要件がおありと見える」

……この骸骨王、観察力が高い。

ゼクト王は少し強い調子で、

「グラトラ」

「ぁ――ハッ！」

「人払いを頼む。アーミアたちを連れ、この部屋の外で待機を」

「……承知、しました」

アーミアってのは多分、隠し部屋にいるヤツの名前だろう。

少し間があって、ゼクト王が言った。

「そちには苦労をかける、グラトラ」

「いえ……あの者に何か不穏な動きがあれば、すぐにお呼びを」

「うむ、頼りにしている」

配下への気配りもできている。高圧的に命じるタイプでもない、と。

「…………」

潜んでいた気配が、遠のいていく。

この部屋を通過しなくても出入りできる隠し部屋のようだ。

「セラスたちも、外で待機を」

そう指示すると、セラスがマスクの耳もとへ顔を寄せてきた。

「真偽判定が、できなくなりますが」

一応の確認、という調子だ。

「かまわない」

向こうを下がらせてこっちだけ残すってわけにもいくまい。

こくり、とセラスは静かに頷いた。

「——では行きましょう、ニャキ殿」

「は、はいですニャ」

こうして部屋には、俺とゼクト王だけになった。王が問う。

「この距離でよいか？」

「そうですね……人払いをしているとはいえ、内密な話をするにはいささか遠いかもしれませんね。近くの席へ行っても？」

「かまわぬ。さ、近くへ」

許可を取って、ゼクト王の斜め前の席へ移動する。俺が腰をおろすと、王が言った。

「よほど重要な話と見える。こちらからもベルゼギア殿には、色々と聞きたいことがあるが……まずはその件について聞こう」

「承知しました」

〝女神の手勢がこの国へ攻め込もうとしている〟

俺は、そのことをゼクト王に伝えた。

ニャキや勇の剣の件も織り交ぜ、

〝この国に危機が迫っているかもしれない〟

それが伝わるよう、できるだけ要点をまとめて説明した。

が、情報が少な過ぎてもいけない。詳細を伝えるべきところは、しっかり伝えた。

話している最中、ゼクト王の中に動揺が生まれているのがわかった。

しかし彼は動揺を抑え込み、最後まで黙って耳を傾けていた。

「――ひとまず、そういった状況にあります」

落胆を抱え、ゼクト王が項垂れる。

「なるほど……外の世界ではやはり我々はまだ危険視されている、か」

「いえ、そうとも言えないかと」

俺は、今のところ躍起になっているのは女神とその周辺だけに思えると伝えた。

「つまり……今回の侵攻はあくまで女神の先導で行われていることであって、決して外の世界の総意ではない――と？」

「ワタシはこの目で世界のすべてを見てきたわけではありません。ただ……亜人に対する認識も、国により様々と聞きます」

「そう、か」

ゼクト王の声に、少し安堵の色がまじる。

「女神の放った軍勢がここへ到着するまでは、まだそれなりに猶予があると思います。ですが、もし女神が送り込んだ軍勢と戦うのであれば準備が必要となるはず……ですので、この話だけは早めにお伝えすべきと思いました。ただ……この話が一気に広がれば無用な混乱を招きかねません。そのため、二人きりの時にまずゼクト王にだけ伝えるべきと……そう考えた次第にございます」

「気遣い痛み入る、ベルゼギア殿……早速、臣下たちと今後の方針を練ることとしよう。ところでそちたちの目的の方だが……禁字族であったな」

さて。

ここが、分かれ目。

さすがに少し緊張を覚えつつ——俺は、尋ねた。

「彼らは……存命で、この国にいますか？」

ゼクト王が改めて俺を見る。そして、言った。

「安心するがよい——彼らはこの国で、今もしっかり生きておるよ」

いる。

生きて、いる。

禁字族が。

最果ての国に辿り着いた際の最大の懸念点――ひとまずそれが、解消された。

「彼らには、できるだけ早く会いたいのか？」

「早く会えるに、越したことはありませんが」

「わかった。ただし、クロサガの側にも話を通さねばならぬ」

「クロサガ？」

「彼ら――禁字族の呼び名だ。部族名と考えればよい。始まりとされる〝クロサガ〟の血を引く一族……その総称、とでも言おうか」

続けるゼクト王。

「ともあれ、そちを禁字族と引き合わせる件……他でもないエリカ殿の頼みでもある。クロサガ側が頑として拒否でもしない限りは、会えるよう取り計らおう」

「感謝いたします」

「…………」

「……何か？」

「ヨと二人きりの時だけでもかまわぬのだが……その物々しい口調――〝演技〟抜きで話してもらうのは、可能か？」

俺は、少し考えてから言った。

「その要望にどんな意図があるか、お聞きしても？」

「エリカ殿の手紙に、書いてあったのだ」

ふっ、と微笑みをこぼす王。

「仰々しい演技をやめさせて話した方が、そちの本質を摑めるであろうと……そして、ある種の無礼に目を瞑ってでも、その本質を摑む価値は十分あるはずと――そう綴られていた」

「なるほど」

「配下たちの反発を招くかもしれぬから、今はまだヨと二人きりの時だけでかまわぬ。ヨに〝本来のそち〟として、接してくれるか？」

冗談っぽく、王は続ける。

「不死王と蠅王……二人とも〝王〟なのだ。対等に話しても、問題はあるまい」

「俺は――――〝王〟なんて、そんな立派なものじゃないが」

口調を普段のものにして、言う。

「そういうことなら、あんたと二人の時は〝こっち〟で話そう」

「ふふ、なるほど。今の方が……確かに、しっくりとくる」

「とりあえず、禁字族とは引き合わせてもらえそうだ」

俺は、さっきの待機部屋に戻ってきていた。

あのあとゼクト王とは少しだけやり取りをした。

王はその後、部屋の外にいた者たちを呼んだ。早速、今後の方針を話し合うのだという。

まあ、国としては攻めてくる軍勢への対応が最優先だろう。

一方の俺たちは、一旦、この部屋へ戻るよう言われた。

で、今ちょうど戻ってきて部屋のドアを閉めたところだった。

今、監視役のグラトラはいない。部屋の外に兵士が二人いるのみである。

臀部にかかる布を整え、セラスがそっと長椅子に腰かけた。

「これでようやく、禁呪の秘密に大きく近づきましたね」

「ああ」

ただ、ひとまず今は待ちの時間。

……今のうちに、別件を一つ済ませておくか。

俺はニャキを見た。ニャキは、セラスの隣にちょこんと座っている。

「ニャキ」

「？　はいですニャ」

「最果ての国に辿り着いたわけだが……このあとはどうする？」

「ニャ？　そ、そうですニャぁ……」

考え込むニャキ。

「このままこの国で世話になるなら……今後、国の外へ出るのは厳しくなるかもしれない」

「はい、ですニャ」

ニャキは神獣である。

神獣は、あの銀の扉を何度も開閉できる。かといって、ニャキが頻繁に自由に出入りできるかというと――多分、これは事情が違ってくる。

「最果ての国の位置を外の者に知られたくない――国を守りたい連中にとっては、扉の位置を知っていて、かつ〝鍵〟の役割を果たす神獣を再び外へ出すのは避けたいはずだ」

これが何を意味するか？

俺は、続けた。

「つまり……ねぇニャやまいニャたちとの再会は、難しくなる」

「………」

「おまえはずっとこの国から出られず、ここで暮らしていくことになるかもしれない」

ニャキは笑みを浮かべ――面を伏せた。

「覚悟は、してましたニャ」

自分に言い聞かせるような、そんな調子。

「もちろん、ねぇニャたちにまた会えたらニャキは嬉しいですニャ。でも……またニャキが外に出たら、きっとこの国の皆さんの迷惑になってしまうのですニャ。ニャキも……それはわかっているつもりですニャ」

ニャキも、理解していたようだ。

神獣＝ニャキだと知っている外の者たち。そんな連中に、もしニャキが捕まったら——卑劣な手段で、ここの場所を吐かされるかもしれない。

神獣の力で扉を開き——攻めてくるかもしれない。

きっとこの国の連中は、それを危惧する。

俺がどんなに〝ニャキは俺が守り抜いてみせる〟と、約束しようと。

〝鍵としての機能を果たす神獣を、再び外へ出した〟

その事実が国内に広がれば、ゼクト王の立場も危うくなるかもしれない。

「——ニャキ」

「はい、ですニャ」

「すべてが終わったら……ねぇニャやまいニャと再会できるよう、俺が動いてみる。たとえばニャンタンあたりに事情を話して、みんなでここに来てもらう手もあるはずだ。それが実現できるよう、あとでゼクト王に俺から話してみる」

ちょっと驚いた感じに顔を上げるニャキ。

「主、さん……」

「力は尽くす。が、確約まではできない。そこは、了承しておいてくれ」

「わ、わかりましたニャっ、はいですニャっ」

「とりあえずは、おまえがこの国でこのまま世話になれるよう交渉してみる。ま……向こうも神獣のおまえを無闇に放り出すような真似はしないだろ」

ニャキが姿勢を正す。次いで、頭を下げた。

「何度も何度も、すみませんニャ！　ありがとうございますニャ！　このご恩は、いつか必ずまとめてお返ししますニャ！」

礼を述べるニャキ。その声には感謝の他に、希望が灯っていた。

セラスは、隣に座るそんなニャキを優しい目で見ている。ややあって、俺は言った。

「今、恩を返すって言ったよな？」

「は、はいですニャっ」

「なら一つ、俺の頼みを聞いてもらいたいんだが」

「な――なんでも言ってくださいニャ！　ニャキにできることなら……ッ」

上体を軽く前へ倒し、言う。

「リズっていう、ダークエルフの女の子がいてな」

「リズさん、ニャ？」

「ああ。今は禁忌の魔女――エリカ・アナオロバエルと、魔群帯の奥深くで一緒に暮らしてる。で、いつかその子に会ってやってほしいんだ」

「ええっと……ニャキが、そのリズさんに会えばいいのですかニャ……？」

ニャキはまだ意図を摑めていない感じである。目を、ぱちくりさせている。

「もちろんその時は俺もついていく。だから、魔群帯の金眼(きんがん)どもは問題ない。おそらく北方魔群帯以外なら……もう、魔群帯の通過は問題ない」

もう慣れたというか。把握した、というか。……ま、もちろん油断は禁物なわけだが。

「それで、なんつーか……できたら、リズと友だちになってやってほしいんだよ」

「お友だち……ニャ？」

二人の実年齢は知らないが、二人は〝近い〟気がする。

そう……リズはやっぱり、子どもで。

ニャキも――やっぱり、子どもなのだ。

リズは〝子ども〟として大人に気を遣う。同じくニャキも、やっぱり〝子ども〟の気の遣い方をする。俺たちに対して。

ちなみに三森灯河(みもりとうか)はまだ成人していない。

そんな俺が〝大人〟かどうかは――まあ、ひとまず置いておいて。

とにかく、リズには〝同い年感覚〟の友だちがいない。

ピギ丸やスレイも友だちではあるだろう。が、やっぱり少し違う。

ただ――ニャキなら。そういう友だちに、なってくれるんじゃないだろうか？

そんな気がする。

リズくらいの頃……俺に、友だちはいなかった。

当時、俺に興味を持ってくれる子はいた。仲良くしてくれようとした子もいた。

が、実の親がその子たちを遠ざけた。

友だちを通じて他の親に知られるのを嫌がったのだ。

何を？

そう――実の親は〝家庭事情〟を、知られたくなかった。通報されるかもしれないから。

そんな事情で、当時の俺に〝友だち〟はいなかった。

だから、リズには――年の近い友だちを持つ機会を、作ってやりたい。

前々から、そう思っていた。

「わ、わかりましたニャ！　リズさんにお友だちになってもらえるよう、ニャキはがんばりますのニャ！　にゃ、ニャによりっ……」

両手の指先を擦り合わせ、はにかむニャキ。

「ニャキだって……お友だちさんができるのは、とってもとっても、嬉しいことなのです

「ニャっ」

時間を確認し、懐中時計をしまった時――部屋のドアが開いた。

俺は立ち上がる。セラスたちも、続いて立ち上がった。

入ってきたのは、グラトラではなかった。

騎士装のラミア。

蛇に似た下半身は黒色。

髪も、黒かった。

上半身の肌は白い。

キリッとした目に、キリッとした眉。秀麗な顔立ちに思える。

思える――というのは、顔の下半分が隠れているせいだ。

マスクというより……あれは、フェイスヴェールってヤツだろう。

ファンタジーとかだと、踊り子なんかがつけてるイメージがある。

それと、上半身だけの判断にはなるが……人間で言えば、まあ〝スタイルがいい〟と言えるのだろう。ラミアの世界でどう見えるのかは、知らないが。

また、前に見たラミア騎士とは装いが違う。ワンランク上の感じ、とでも言おうか。他のラミア騎士より、位が高いのかもしれない。額当ても前に見たラミア騎士より凝ったものだ。腰の辺りには、鞘におさまった長剣を下げている。

「私は四戦煌が一人、アーミア・プラム・リンクス」

尻尾の先をニョロっとさせ、自己紹介をするラミア騎士。

「ベルゼギア殿とクロサガを引き合わせるよう、陛下より仰せつかった。私のことは、アーミアと呼んでくれ」

今から引き合わせてくれるのか。

一日くらい待たされるのは覚悟していたが……不死王に、感謝だな。

長手袋を嵌めた手で、アーミアが握手を求めてくる。

「よろしく頼む、ベルゼギア殿」

俺は、差し出されたラミア騎士の手を取った。

「こちらこそ」

グラトラと比べると友好的な感じである。

が、グラトラと違って俺たちにさほど興味がないとも取れる。

〝アーミア〟

人払いの際にゼクト王が確かその名を口にしていた。

さっき隠し部屋にいたのが――このラミア騎士か。

「今日クロサガと会うのはベルゼギア殿一人だ。クロサガの者たちはあまり部族外の者と関わりたがらないのでな。そういう事情で、大人数で行くと無用の警戒心を抱かせてしまうかもしれない。なので、他の者はここで待っていてくれとのことだ」

セラスを見ると、合図が返ってきた。

〝嘘(うそ)はついていない〟

俺たちを分断させるための方便、とかではないようだ。ビクト王は信用できると思うが……一応、まだ完全に警戒を解くべきではないだろう。

「ではセラス、あなたは皆とここで待っていてください。もし何か判断が必要な事態が起こった場合、その時の判断はあなたにお任せします」

「承知いたしました」

言って、セラスは再び長椅子に腰かけ直す。

その時だった。アーミアが、指先で俺のローブをつついた。

「ローブ内のこのスライムも、今回は置いていってくれ」

「ピッ!?」

目立たないように潜ませてたつもりだったが。何より〝ピギ丸がローブ内のどの位置にいるか〟を、一見して的中させるのは難しい気がする……。

適当につついた感じではなかった。明らかに、

〝ローブ内のそこにいる〟

それを、わかっている感じだった。

「このスライムの気配が、クロサガを警戒させてしまうかもしれないのでな」

「そういうことでしたら……すみません、ピギ丸。あなたも、セラスたちとここで待っていてもらえますか」

「ピユ～」

ピギ丸はちょっと残念そうに鳴いてから、

「ポヨーン！」

と、ローブから飛び出した。俺は、改めてアーミアに向き直った。

「それではアーミア殿、早速ご案内いただけますか？　クロサガの一族——禁字族(きんじぞく)のところへ」

荷物の一部を出し、予備の背負い袋に入れる。

部屋を出て、俺はアーミアの隣について廊下を歩き始めた。城の外へ出るらしい。

「ゼクト王たちはまだ話し合いを？」

尋ねると、アーミアは頷(うなず)いた。

「うん、まだ合議を続けているはずだ。私だけ抜けて、キミの案内をすることになった」

「あなたは抜けてもよいのですか？」

「これは陛下の指示だ。私は、それに従うまで」

それと、とつけ加えるアーミア。

「クロサガとの用事が長びくようなら、キミの連れには泊まる部屋と食事の案内があるだろう」

「感謝いたします」

「……キミ、まだ私たちを警戒しているのだろ？」

「ここはまだ見知らぬに等しい場所ですからね。ゼクト王のことは信頼しています。しかし、ワタシはあなた方のことをほとんど知らない」

「うん、私もキミたちを知らない。つまり互いに立場は同じ……ま、ゆっくり知り合っていけばいいいさ」

「そういうことでしたら、道すがらいくつか質問をしても？　互いを知り合うために」

「許可しよう」

一応、情報収集はしておこう。まず、

「四戦煌、というのは？」

語感的には、幹部っぽい立場の連中というか。

いわゆる四天王的なアレだとは思うのだが。

「ん？　ああ、戦闘面で特に優れた四名に与えられた称号さ。同時に、各兵団のまとめ役といったところだな、うん」

やっぱ、そういう感じか。

「グラトラ殿も？」

「彼女は王の近衛隊の隊長なので違うな。ただ……」

敬礼するオーク兵に手を上げて応えてから、アーミアが続ける。

「私たち四戦煌に、陛下、近衛隊長、そして宰相殿の三名を加えて〝七煌〟と呼ばれたりもしている」

「最果ての国を支える七つの煌めき、ですか」

ハハ、と軽く笑うアーミア。

「そう表現されると少々照れるが」

「そういえば、この国では人間に近い生活様式で暮らしているのですね」

ぱっと見だとあまり独自の文化を持つ感じではない。

限りなく人間の暮らしに近い――そんな印象。

外の世界と大きく違うのは、人間との比率くらいか。

「陛下の方針だな、うん」

「その方針になった理由を？」

「いつの日か我々は、再び人間と共生することになるかもしれない……そんな日が来た時のための準備だそうだ。人間の文化や生活様式に慣れておけば人間社会にも溶け込みやすいだろう、とな」

「それは、ゼクト王の方針ですか？」

「まあね」

と、訝しげなアーミアの目つきに気づく。

「――何か？」

「キミは、アナエル様からこの国の場所を教えてもらったそうだが……この国のあれこれについて、アナエル様から何も聞いていないのか？」

俺がこの国のことを知らな過ぎる。それが、気になったらしい。

「当時の自分はあくまでこの国の者たちに知恵や道具を与えただけで、国の発展自体を目にしたわけではない……彼女は、そう言っていました。そして当時面識のあった者も、今ではほとんどいないだろうと」

だから当時の〝古い〟情報を伝えてもあまり意味はない。

当時の通称〝アナエル〟ことエリカは、そう話していた。

おそらくゼクト王以外に存命の者はほとんどいないだろう、とも。

そう話している時のエリカの顔は少し寂しげだった。

短命と長寿。

その二つの〝ズレ〟は、そういうところで出てくるのだろう。

年月と共に当時の知り合いが減っていく。それは——長寿のセラスも、同じか。

うん、と頷くアーミア。

「かくいう私も、アナエル殿と面識はない。アナエル殿と直接会ったことがあるのは、今やこの国でも片手の指で足りるほどの数と聞いている——つまり陛下をはじめとする、ごくわずかな長寿種族のみというわけだな。四戦煌ですら面識を持つ者はいない。ゆえに、私たちにとってエリカ・アナオロバエルは伝説上の存在とも言えるな、うん」

生ける伝説、か。

そこで一旦、俺は会話の流れを戻した。

「——そんなわけでして、ワタシもこの国については無知に等しいわけです。ですので、アーミア殿にご教授いただけるとありがたいのですが」

「ん？　ご教授するのが、私なんかでいいのか？　本当に？」

「こうして会話していて思いましたが……アーミア殿は話しやすいですし、質問への回答も明快です。適役かと」

「むむむ!?　よし、よかろう！」

得意げに胸を反らすアーミア。鼻息でフェイスヴェールもふんわりしている。
なんという――チョロさ。
にしても……上半身の姿勢を維持したまま、下半身はニョロニョロ微速前進している。
ラミアの下半身ってああいう器用な速度調節もできるのか。
……亜人を観察するのは、けっこう楽しい気もする。
そんなわけで、目的地まではアーミアに色々教わりながら歩いた。
おかげでそれなりの情報を得られた気がする。
城を出た後、俺たちは西地区へ向かっていた。
城下町をぐるりと囲む岩壁。
その岩壁なのだが、よく見ると所々通路や扉が確認できる。
城から一望できる都市区がこの国のすべてではないらしい。
岩壁の通路や扉の先にも〝国〟は続いているようだ。
西地区を抜けた俺たちは、そんな通路の一つに入った。
人工的なダンジョンっぽい通路。光る石のおかげで通路内はほんのり明るい。
通路を抜けると、開けた空間に出る。
ひと言で表現すれば〝洞窟内に作られた集落〟という印象である。
奥には泉のある一角が見える。その近くには小規模の雑木林。

洞窟を囲む壁や天井には一部、文様が彫られていた。

かつてはここも遺跡の一部だったのだろう。

そして――数はさほど多くないが、人の姿がある。

行き交う人々の髪は銀色。瞳も、銀に近い澄んだ灰色をしている。

ただ、普通の人間にはないものがある。

黒翼。

有翼人種らしい。

そうか。

これが――禁字族。

皆、こっちを見ている。視線は主に俺に集まっていた。

最果ての国には様々な外見を持った種族がいる。が、蠅王装のせいか俺の姿は特に珍妙に映るようだ。まあ、俺が普段見慣れないヤツなのも大きいだろうが。

といっても警戒されてる感じはあまりない。

これは、四戦煌のアーミアが同行しているおかげだと思われる。

「ここが、クロサガたちが生活している集落だ」

ガイドさんみたいな手つきでアーミアが言う。

「キミが訪問する旨は先に伝えてあるはずだが、とりあえず私が族長と会ってくる。

ちょっとここで待っててくれ」

アーミアの背が遠ざかっていく。

大した時間でもなかったが、道すがら話してきたせいだろうか。

彼女の態度も、大分好意的な方へ振れてきている気がする。

……ん？

ショートカットの少女が、ジッ、と俺を見ているのに気づく。

一見すると美少年にも見えるが、女の子のようだ。

年は十代半ばってとこか。おとなしそうな子である。

顔を向けると、その子は目を逸らして走り去った。やがて、アーミアが戻ってくる。

「では私についてきてくれ、ベルゼギア殿」

連れて行かれたのは集落の奥にある建物。土塀の家で、他の家より大きめである。

家の前に見張り的なものはいない。古びたその家は、ひっそりと静まり返っていた。

「さ」

中へ入れ、と促すアーミア。

「アーミア殿は、中までついてこなくてよいのですか？」

「うん、族長はキミと二人きりで話したいと言っている。だから私は、この辺で待っているよ」

アーミアは建物を指差したのち、その指先を動かし始める。

「中に入ったら、こう……廊下を真っ直ぐ行った後、左へ折れてくれ。その突き当りにある部屋に、族長のムニンがいる」

開け放たれた戸——玄関を潜る。

古い家だが手入れは行き届いている。手入れをしている者の細やかな気配りが伝わってくるようだ。俺は、言われたルートを進んだ。

そして突き当りの部屋に辿り着き、ノック。

「ベルゼギアと申します」

「どうぞ」

柔らかい女の声。

「失礼します」

ドアを開け、中へ入る。

そこは、ドアから入って左右に広い部屋だった。

正面の壁際に木製の大きな椅子がある。椅子には布がふんだんにかけられ、敷かれていた。

橙のランプの光が室内の所々に影を作り出している。

プチ謁見の間、みたいな感じである。そして——

「わたしたちに、どのようなご用でしょうか」

たおやかに立ち上がる女性。

背を覆うほどの長い髪。その髪色は他の禁字族と同じシルバー。

クソ女神と比べると色味が濃い。髪は、頭頂から左右へ綺麗に分かれていた。

肩より前へ垂れた髪が胸元にかかっている。

そして——黒翼。

雪白の肌。身長は高い方と言えるだろう。俺よりやや低く、セラスより高いくらいか。

体型は、知り合いだとエリカに近い。細くはないが、太っているという印象はない。

毛筆でスッと引いたような細い眉。目は、糸目っぽくも見える。

整ったその顔立ちから受ける印象は——柔和。

第一印象だと、苛烈さはうかがえない。

「いえ、まずは自己紹介が先ですね」

族長と思われる女性はそう言って、薄く微笑んだ。

俺のいでたちのせいかその声には緊張が含まれている。

が、それでも落ち着きの感じられる声質だった。包容力がある、というか。

年は思ったより上かもしれない。いかにも〝大人〟な落ち着きがある。

……いやまあ、それを言ったら超年上のあの魔女はなんなんだって話だが。

服は、いわゆるトーガとかに近い印象。たとえば古代ギリシャの絵画なんかでよく見るような……あるいは〝シャーマンっぽい感じ〟とも言えるのかもしれない。祭祀を司る感じというか。

よく見ると、白い生地が所々薄く透けている。

ちょっと露出が多めに感じるのはそのせいだろう。

頭に被っているヴェールも生地が一部透けている。デザインは修道女なんかの被るヴェールにちょっと似ている。シスターヴェールというのだったか。

そういえば以前、セラスもミスト状態の時にヴェールを被っていた。

あれと比べると、こっちは修道女っぽさがやや乏しく思える。

「クロサガの族長を務めております、ムニンです」

綺麗につま先を揃えて、族長がそう自己紹介した。俺は、一礼を返す。

「改めまして……ワタシは蠅王ノ戦団という傭兵団の長を務めております、ベルゼギアと申します。このたびはこうして話す機会をくださり、感謝しております」

頷くように、ムニンが微笑みを返してきた。

「どうぞ、そちらへおかけください」

斜め前に置いてある椅子を勧められる。俺は、ムニンに近いその椅子に座った。

彼女も再び、座す。

「では、改めて……」

そう言ってムニンは膝上に楚々と両手を置くと、

「わたしども禁字族に、何かご用とか」

「はい。まずは、ワタシの願いを単刀直入に申しても？」

「――どうぞ」

椅子の脇に置いた背負い袋から、俺は、呪文書を取り出した。

禁呪の呪文書。

三つのうち一つを手に取って、軽く前へ差し出す。

「それは……」

「この呪文書に綴られた文字を読めるのは、あなたたち禁字族だけだと聞いています。ワタシはこの呪文書が秘めているもの……禁呪の力を、手に入れたいのです」

「――――禁、呪」

今まで落ち着き払っていたムニンが、唾をのむ。

糸目のようだった彼女の目が開かれていた。

ほんのわずか青みがかった灰の瞳。上等な宝石めいたその瞳が、揺らいでいる。

俺はムニンを、ジッと観察する。

「あの……あな、たは――」

ゴクリッ、と先ほどより大きい音で唾をのみ込み――ムニンは尋ねた。

「あなたは禁呪の力を……なんのために、得たいのです？」

かつて〝そいつ〟に中指を立てた左腕。

それを前方へ掲げ、答える。

「完膚なきまでに、叩き潰すためです。二度と――立ち上がれぬほどに」

瞳を揺らがせたまま、ムニンが視線を合わせてきた。

露わになった彼女の膝はかすかに震えていた。

彼女は片胸に手をあてると、一つ深呼吸した。

自らを落ち着かせるみたいに。

そして、

「誰を、ですか」

「神族を」

忌々しきその名を――俺は、告げた。

「アライオンの女神、ヴィシスを」

2．それぞれの今

「……そうしたい理由は、なんなのです？」

「復讐（ふくしゅう）」

ムニンの質問に、きっぱりと答える。

言葉を探すようにムニンが視線を彷徨（さまよ）わせる。

「ベルゼギアさんは、その――」

ムニンはそこで言葉に詰まり、俯（うつむ）いた。彼女の口はきつく結ばれている。

ほどなくして、ムニンが「あの」と顔を上げた。

「わかりました」

禁字族の族長から次に出た言葉は、それだった。

「今の〝わかりました〟を、ワタシはどう解釈すれば？」

「ご協力します、という意味です。あなたの復讐に」

先ほど禁呪の名を出して以降、彼女の感情は明らかに揺れていた。

そんな彼女の瞳や表情に宿っていたものは――期待であり、希望。

彼女は膝を震わせ、また、何度か深呼吸していた。

待ちわびたというような反応。

あるいは、ついにきた、とでも言わんばかりの反応だった。

だから先ほど、俺は率直に禁呪の力を得たい理由を話した。

要するに、と俺は問う。

「女神に対して……あなたも、何か内に抱えているものがあるのですね？」

ムニンは薄く目を開いたまま口を引き結んだ。やがて、口を開く。

「女神はわたしたち禁字族を、この世から消し去りたいと考えているのです」

「……それを知ったあなた方は、この国へ逃れてきた」

左右の手を膝の上で重ね、頷くムニン。

「禁呪がどのような呪文かまでは知りません。ですがご存じの通り、禁呪は女神にとって都合の悪い力のようです。代々、そう伝えられてきました」

ムニンは悲しげな微笑を浮かべる。

「わたしたちの世代は外の世界を知りません。そんなわたしたちが女神に見つかってしまえば……きっと、一人残らず殺されてしまうでしょう」

目を伏せ、記憶を辿るように続けるムニン。

「禁字族が、まだ外の世界で暮らしていた頃……たくさんの同胞(はらから)が殺されたと聞きました。禁呪の存在を知った女神は、禁字族を根絶やしにしようとしていたようです。しかし、その時……時を同じくして、根源なる邪悪が降臨しました」

混乱のどさくさの中で。

亜人たち、魔物たち、禁字族たちの――大規模移住が、始まった。

「降臨したその根源なる邪悪はかなり凶悪だったと伝えられています。侵攻も人々が震え上がるほど苛烈だったとか。ただ皮肉なことに……そのおかげで、女神及び人間勢力は根源なる邪悪との戦いにすべてを注ぎ込まねばなりませんでした。つまり、わたしたちの方へ割く余力が一切なくなってしまったのです」

当時の亜人や魔物たちはこの大陸で暮らしていくことに限界を感じていた。

亜人は迫害されがちだった。

金眼(きんがん)ではない魔物も〝いつ金眼になるか知れたものじゃない〟と危険視されていた。

大陸がそんな空気に包まれる中――一部の者たちが、どこかへ隠れ住む計画を立て始める。人間たちに見つからぬ安住の地。どこかにそんな場所があれば、と。

計画者の中には不死者ゼクトもいた。

そんな彼らが目をつけたのは、とある巨大地下遺跡。

大陸ではまだ存在の知られていない遺跡であった。

さて、これに手を貸したのが当時のアナオロバエルである。

彼女は彼らに知恵と道具を与えた。

そうして不死者ゼクトらを中心とし、大規模移住が行われた。

そこまで語り終えると、一度ムニンは言葉を切った。

虐殺された過去の同胞に想いを馳せているのだろうか？

黙禱めいた間があって、彼女は再び口を開いた。

「当時、根源なる邪悪が引き起こした大混沌期……女神たちが根源なる邪悪の対処で手一杯となっていたその時期にしか、好機はなかったのです」

「あなたたち禁字族は、そうやって女神の目と手から逃れた。しかし――」

女神はまだ、諦めていない。

ムニンもついさっきそれを知ったそうだ。

ゼクト王の使いから〝さわり〟は聞いたのだろう。

が、改めて俺は今のヴィシスの目論見について語った。

先日、勇の剣という連中がここを突き止めたこと。

女神がニャキ以外の神獣を所有していること。

今、女神の手の者たちがここを目指しているであろうことを。

「今お話しした通り、女神はあなたたち禁字族をこの世から消し去るのをまだ諦めていません」

「そのよう、ですね」

悄然として肩を落とすムニン。が、彼女はすぐさま毅然として顔を上げた。

「女神は、禁字族がある時この大陸から姿を消したのをのちに知ったはずです。大量の亜人や魔物と共に。長らくここが見つからなかったのは……ゼクト王の推測では、外にいたアナエル様が何か対策を講じてくれたからではないか、と」

あのエリカのことだ。ここが見つからぬよう、何か対策を講じていた可能性はある。

「ですがベルゼギアさんもご承知の通り、女神は決して諦めなかった。諦めることはないのでしょう。わたしたち禁字族を、確実に根絶やしにするまで」

「ワタシも、そう思います」

逆に言えば完全にウィークポイントなのだ。

女神にとって、禁呪の存在は。

ムニンがしかと目を開く。

「女神を打ち倒さなければわたしたち禁字族――クロサガに安息の日は、永遠に訪れない」

「つまり――」

「ええ、ベルゼギアさん」

スッ、とムニンが立ち上がる。

「あの女神を打ち倒すためでしたら、わたしたち禁字族はあなたにご協力いたします」

強い決意を伴った目で、ムニンは俺を真っ直ぐ見つめた。

マスクの下で、俺は——ほくそ笑む。

俺と禁字族の望みは一致していたのだ。

あのクズ女神はいつまでも生きるのだろう。

生き続ける。

で、あるならば——叩き潰すしかない。あの性悪女神を。

クロサガが生き残るには、それしかない。

俺も立ち上がり、頭を垂れる。

「ご協力の意思を示してくださったこと、感謝いたします。これで、とても心強い味方を得られました」

顔を上げ、

「さて、となると……」

いざ協力を仰ぐことには成功したものの、何からやればよいものか？

「ムニン殿、禁呪のことですが——」

「そんなかしこまった呼び方をしなくともよろしいですよ？」

先ほどの険しい表情をいくらか和らげ、ふふふ、と目もとを緩めるムニン。

「わたしだって、ベルゼギアさんと呼ばせていただいているのだし」

「……では、ムニンさん。あなた方が禁呪に関して知っていることをワタシに教えていただいただけないでしょうか？　実を言いますと〝これが禁呪の呪文書であり、どうも女神に対して有効らしい〟ということくらいしか、ワタシは禁呪についての知識を持っていないのです」

そう、実際のところ——俺は禁呪のことを驚くほど知らない。

ムニンは目を細め「かしこまりました」と微笑んだ。

「ではまず……わたしたち禁字族は、その名の通り〝禁字〟とされた特殊な古代文字を読むことができます。ちなみに——」

苦笑するムニン。

「〝禁字族〟という名称は、女神がそう呼称していたものが定着しただけ。つまり、わたしたち自らがそう名乗ったわけではありません」

「本来は〝クロサガ〟ですね？」

「ええ。ただ、わたしたちは幼い頃から〝自分たちは禁字族なのだ〟と教えられてもきました。ですから〝禁字族〟と呼ばれることにそれほど抵抗はありません。そこはどうか、お気遣いなく」

「わかりました」

今のは〝禁字族と呼んでもいいですよ〟と、断りを入れてくれたわけである。

「禁呪の発動方法については、ご存じなのですか？」

「発動させたことはありませんし、呪文書を目にしたこともありませんでした。呪文書は、この集落にもずっと存在していませんでしたし」

そうなるか。

ですが、とムニンは続ける。

「発動させる方法は、知っています」

「────────」

これは朗報だ。これで、発動方法をここから探す手間はなくなった。

ムニンが発動方法の説明を始める。

「まず、呪文書に綴(つづ)られた呪文を読みます。そして──自らに、禁呪を〝定着〟させます」

自分自身に禁呪を宿らせる、みたいなイメージか。

「すると身体(からだ)の一部に紋様が刻み込まれます。その状態で使用したい時にまた呪文を唱えると発動する、という話です。それから、発動には魔素を必要とします。わたしたちクロサガは魔素の練り上げや操作には長(た)けていますので、ここは問題ないかと。ただ……実は、最も重要となるのが──、……ベルゼギアさん？　何か、気になることでも？」

「発動へ至る過程以前の問題、と言いますか……」

そのまま、疑問をぶつける。

「禁呪の性質のようなもの……つまり、どういう効果や作用を持った呪文なのかは、実際に使用するまで不明なのでしょうか？」

　言われてみれば、という顔をするムニン。

「禁呪は一種類ではないと教わっています。発動前にどういう呪文かの判断方法があるかどうかは――そうですね、確かにそれは……」

　彼女の目が薄ら開き、俺を上目遣い気味に見る。

「その呪文書……一つ、見せていただいてもよろしい？」

　結び紐を解き「どうぞ」と呪文書をムニンに渡す。

　彼女が呪文書を受け取って、開く。

　上下を持ち呪文書とにらめっこするムニン。やがて、目を見開く。

　彼女は俺の隣に立つと、呪文書の下部を指差した。

「ここは、詠唱用の呪文ではありません」

「呪文ではない？」

　今の立ち位置。顔を横へ向けると、すぐそこにムニンの顔がある状態である。

「ここは、この禁呪の効果について綴られたものです」

　正直なところ、詠唱する呪文の内容から効果を推察する流れかと思っていた。

が、ご丁寧に効果が書き記されているらしい。

「……して、この禁呪はどのような効果を？」

「神族のあらゆる防壁系統の能力を消し、封じる能力と」

脳裏に、蘇（よみがえ）ってくる。

あの時の光景――クソ女神の、耳障りな声。

『私には【女神の解呪（ディスペルバブル）】という保護膜が常時付与されているのです』

保護膜。

つまりは――薄く覆う〝壁〟。

『そうですね……あなたようなE級にもわかりやすく言うなら、状態異常系統の呪文を私は自動で絶対防御できるのですよ』

絶対防御。つまりは〝防ぐ力〟とも言える。

防壁系統の能力。

決まりだ、とまでは断言できまい。

絶対は存在しない。ゆえに――確実とまでは言い切れない。が、

「十分です」

目の前に広げられた呪文書。人差し指をその中心に添え、俺は言った。

「十分、賭けるに値します」

ところでムニンさん、と呪文書をしまいながら話しかける。

「禁呪は、禁字族以外の者でもその〝定着〟は可能なのでしょうか？　つまり……読み方を教わるなりして呪文を読めるようになれば、禁字族でなくとも使用できるのですか？」

ムニンはそこで、困った風な顔をした。

「可能であり、不可能です」

可能であり不可能。

どちらでもある、という意味に取れるが……。

ムニンもその言葉の曖昧さを理解しているのだろう。すぐに、補足を始めた。

「結論から言えば〝定着〟自体は可能です」

「しかし他に、問題がある」

「はい」

ムニンが、肩近くの服の結び目を解いた。結ばれていた布地が解け、はらりと垂れる。

彼女はそれから数歩距離を取ると、俺に背を向けた。

さらに彼女は、服を腰のあたりまでずり下げる。

すると上半身が完全に露出した状態となった。

胸の辺りを片腕で覆いながら、ムニンがそっと振り向く。

「これを、ご覧ください」

肩甲骨の辺りから生えた黒き翼。

その左右の翼の、ちょうど真ん中の位置。

首の少し下に紋様がある。

薄らとした灰色。タトゥーっぽく見えなくもない。

「この紋様は、両翼、片腕、片目、剣、盾、そして……鎖を表していると伝えられています」

こうして説明を受けないとわからないものの……パーツごとに分解すると、そう見えなくもない。言われないとわからぬほど簡略化され過ぎた記号だが。

さて、ムニンが俺にこれを見せた意図は何か？　おそらく、

「この紋様を持つ者でなくては、使用できない？」

「〝定着〟だけなら誰でも可能です。しかし……この紋を持つ者以外が禁呪を使うと、その者は死に至ります」

「…………」

「この世のものとは思えぬ死痛の果て、全身から血を噴き出して命を落とす……そう伝えられています」

不吉な調子で言って、彼女は服を着直す。

……なんか【麻痺性付与（パライズ）】と【暴性付与（バーサク）】の合わせ技みたいな死に方だな。

しかしなるほど、

「だから〝可能であり不可能〟とおっしゃったのですね」

紋を持たぬ者でも禁呪の〝定着〟だけなら可能。

が、使用する際は死に至る。……ふむ。

ちなみに、と聞く。

「紋を持たぬ者が使うと死には至るとして……発動自体は行われるのですか？」

「……………」

「そこまでは、わかりませんか？」

死と引き換えに禁呪を発動させる。

いや……しかし、仮にそれができたとしても――

「残念ながら」

ムニンが、申し訳なさそうに首を振った。

駄目か。死ぬだけで、発動もしない。となると、

「禁呪を発動させるには、どうあってもその紋を持つ禁字族（きんじぞく）が必要となるのですね？」

こくり、と頷（うなず）くムニン。

「そしてこの紋を持つ禁字族は……集落には、わたしともう一人しかいません」

禁字族全員が紋持ちではない。

二人。

たった、二人か。

「ですので、私が同行いたします」

「ワタシとしてはありがたいですが……よいのですか？　あなたは、族長でもあるのでは？」

目もとを緩め、ムニンは微笑む。

「族長だからこそ、クロサガの未来のためにやるべきだと思うのです。それこそが、族長の使命かと」

柔らかくはあるが、覚悟を決めた微笑だった。

俺はその場に膝をつき、頭を垂れる。

「……わかりました。あなたの覚悟に、心よりの感謝を……決して無駄にせぬよう最善を尽くすと誓います。全力をもって――女神ヴィシスを、叩き潰してみせましょう」

ムニンは姿勢を正すと、下腹の辺りで両手を重ねた。

そして、ふふふ、と首をかすかに傾けて笑った。

「ええ。わたしからも、心よりの感謝を」

と、彼女のその笑みが苦いものへと変わっていく。

「ただ、禁呪を使用するためには……もう一つだけ、魔素の他にどうしても避けて通れぬものがあるのです」

まだ何か必要なものがあるらしい。

「それは〝媒介〟です」

「媒介……」

「本当に申し訳ないのですが、この集落には昔からその媒介が存在していません。そして……呪文書と同じくらい、その媒介は入手難度の高い代物らしいのです」

「見たことはありますか？　たとえば、形状などは……」

「すみません……見たことがないので、あまり適当なことも言えません」

「いいえ。あなたが謝ることではありません、ムニンさん」

面を伏せ気味にし、顔に影を落とすムニン。

「あの、一応ですが……この国へ入る前に〝大陸西のナシュル山脈で入手できた〟という情報が得られていたみたいです。とはいえ、その当時ですでに希少品だったらしく……今でも入手可能なのかは、わたしにも――」

わからなくて、とまた申し訳なさげに首を振るムニン。

……なるほど。

禁呪の呪文書を読むだけでは習得できない。

呪文書と習得者の〝仲立ち〟をする媒介が必要、と。

「その媒介は消耗品なのですか？　それとも、一つあればずっと使い続けられるものですか？」

「宿す時に消費される、と伝わっています。そして、発動後に定着させた紋は消えるそうです」

てことは……媒介の個数分しか発動できないわけか。

ＭＰさえあれば連発できるスキルとは違う。

つまり無駄打ちは不可能。

禁呪の場合、発動の際は確実に決める必要がある。

……しかし、希少品か。

マスクのあご部分に親指を添え、俺は言う。

「希少品といえば……西地方の国に、心当たりがあります」

ヨナト公国とミラ帝国――この二国。

ヨナトは聖遺物と称する希少品を溜め込んでいると聞いた。

ミラも、大量の希少品を集めた大宝物庫とやらがあったはず。

しかも、なんでもかんでも女神に献上してはいないという。

もっと言えば、その二国は大陸の西地方に位置する。

その希少品とされる媒介が入手できる山脈とやらも、西地方……。

先の大侵攻でヨナトはかなりの被害を受けたと聞いている。王都までもが相当な損害をこうむったとか。今なら案外――潜入しやすいかもしれない。

勇の剣から得た情報によると確かミラは……狂美帝の兄でもある大将軍が、神獣を狙ってるのだったか。

ニャキをこの国から出せるかは微妙だろう。俺もできる限りそれはしたくない。が、ニャキをこの国から出さずとも……。

その存在をダシに交渉の場に引きずり出すくらいは、できるのではないだろうか？

「媒介の入手のために、わたしにも何かご協力できることがあれば遠慮なく言ってください。その、つまり……それを探す旅に出るのでしたら、わたしもご一緒させてほしいのです。あ――この翼は大丈夫よっ？　あまり長時間だと厳しいけれど、小さくすることはできるからっ。それに……後でお見せするけれど、紋を持つ者にはちょっと便利な特技があって……」

黙考していた俺は、あご部分に親指を添えたまま、顔を上げた。

「ちなみにムニンさん、その希少品の名は？」

「青竜石、というのですが」

ん？

「青竜、石……？」

「はい」

ムニンが頷き、青竜石について説明をする。

説明を聞き終えた俺は……ほんのわずか、思考停止していた。

間違いない。

今の説明で、確信に変わった。

アレだ。

廃棄遺跡で手に入れたあの石。

手を繋いでいた男女の骸。うち一人が所持していた石が、青竜石だった。

今ここにはないが、城の荷物袋の中にあるはずだ。

「ベルゼギアさん……？」

「持っています」

「はい？」

「青竜石なら、持っています。しかもそれなりの数を」

「ほ――」

勢い任せな感じで俺へ詰め寄るムニン。彼女は俺の両腕を掴むと、

「ほ、本当にっ!?」

「同じものでほぼ確定かと。説明を聞いて、確信しました」

「そう――そうなのね……あ、ごめんなさい」

手を離して一歩下がると、ムニンは胸を撫で下ろした。

「完全に不意打ちだったのもあって、ちょっと興奮してしまって……青竜石を手に入れるのが、一番の難関だと思っていたから」

青竜石を持っていたあの廃棄遺跡の二人組。禁呪の媒介と知った上で持ち込んだのかは不明である。知らずに持ち込んだのかもしれない。

が、いずれにせよ――繋げた。

繋がっている。

大賢者の呪文書だってそうだ。

あの悪辣な女神によって廃棄遺跡へ叩き落とされた者たちの想い。

彼らの意思が――今に、繋がっている。

ふと、そんな気がした。

ちなみにムニンは青竜石の所持がまだ信じられないのか、

「えーすごい……すごいわ……そうなのね……持っているのね……これって、現実……？」

両頬に手を添え、小声でブツブツ言っている。

……あの人、微妙に態度が崩れてきてる気がするな。

ともあれ、禁呪発動一回の使用量次第だが……。

射程距離などの性能把握とか――本番前の試し撃ちも、できるかもしれない。

「ところで、ムニンさん」

「え？　ぁ――え、ええ。何かしら？」

「先ほど何か言いかけましたね？　すみません、ワタシが話を遮ってしまって。確か、特技がどうとか」

「あ、そうでした。実は、先ほどお見せした背の紋を持つ者は特別な力を持っているのです――今から、お見せしますね？」

言って、ムニンが集中状態に入った。

彼女の身体が光を発し始める。彼女はやがてその光に包まれ、

「クァア」

黒い鴉に、変身した。

鴉は俺の周囲をぐるりと飛ぶと、再び正面に戻ってきて、地面に降り立つ。

「カァア」

そうひと鳴きし、鴉がまた発光を始める。そして、

「――と、いう能力です」

ムニンが、元の人型に戻る。

「鴉の姿に変身できる能力ですか」

「はい。この能力は昔から備わっているようです。わたしたちの、先祖の時代から。紋を持つ者限定ですが」

「変身している間、しゃべることは?」

「そこまでは……ごめんなさい」

「いえ、謝る必要はありません。何より、身を隠すという用途としてはかなり使える能力かと」

これなら様々な場面で危険を回避しやすくなる。たとえば想定外の危機に晒(さら)された時なんかは、鴉になってどこかに身を潜めてもらうのもアリだろう。

「この能力があれば、わたしが旅に同行してもあまり迷惑はかけないと思うの」

「人数を減らせば、目立って見つかる確率も減らせますからね」

俺に背を見せ、アピールっぽい仕草をするムニン。

「さっき言った翼の収縮もできるから、人間の国に行っても問題ないはずよ? ずっとは難しいけれど、数日くらいなら問題なく収縮状態を保てるわ。疲れるには、疲れるけれど」

「鴉に変身する方の持続力は?」

「数日くらいなら、持続可能」

苦笑するムニン。

「ただね？　こっちの変身能力も、数日ずっと鴉の姿でいると負荷が大きくて……しばらく休まないといけなくなるわ」

負荷か。そこは、エリカの使い魔と似ている。

「しかし……その変身は、着用している衣類なども含まれるのですね」

「わたし側でその辺りを決められるのは大きいわね。でも、変身に含む着衣なんかの重量が大きいと、その分負荷も強くなるから……」

たとえば変身すると着衣がその場に残り、変身を解除すると裸になる——それがない。

これは利点だろう。

……ああなるほど、そうか。

所々服の布地が透けているのは、重量軽減が目的なのかもな。にしても、

「ムニンさん。あなたは聞かないのですね、復讐(ふくしゅう)の理由を」

「十分だわ」

達観した風に、微笑(ほほえ)むムニン。

「女神ヴィシスが関わっているのなら、どんなひどい話だってありうるもの。〝復讐〟と知っただけで、それでもうわたしは十分」

いちいち俺に辛(つら)い過去を口にさせたくない。そんな気遣いも、あるのかもしれない。

ただ、

「ワタシがそこまで信頼してもえるのは、アナオロバエルの存在も関係していますか？」

「ゼクト様はアナエル様を心から尊敬し、そして信頼しています。そのゼクト様が、あなたが信頼に値する者だと判断した。わたしには、それで十分よ」

改めてエリカの存在がでかいと感じる。

俺は入国してから一度もマスクを外していない。素性をつまびらかにしてもいない。

なのに全面的に信頼されている。

多分、それはエリカのおかげで。

……また会う時があったら、その時はたっぷり恩返しをしないとな。

「何よりこの戦いは、わたしたち自身のためにする戦いです。わたしの側に確かな理由があれば、やっぱりそれで十分だと思うの」

ムニンはそこで少し語調を変えた。

「……先ほどお話しした通り、わたしたちクロサガは女神に命を狙われています。わたしたちがこの国にいるせいで、ここに住む方々も危険に晒されてしまうかもしれない……もしかしたら、わたしたちクロサガさえ追放してしまえば、女神は他の最果ての国の者を放っておいてくれるかもしれない……わたしも、かつてのクロサガの長たちも、そんな気がかりを持っていました」

ゆえに――だからこそ。

ムニンは女神を叩き潰したい。

そんな気兼ねをすることなく、暮らしていけるように。

「ですが、それでもゼクト様は……わたしたちクロサガをこの国に匿い続けるとおっしゃってくださいました。自分たちは仲間だと……種族は違えど、道を過たぬ者であるなら、ここに住む皆が〝仲間〟なのだと。それが――」

深い感謝を湛え、ムニンは言った。

「最果ての国なのだと」

不死王ゼクトは、立派だ。単純にそう思う。

そう、勇の剣の任務も最優先は禁字族の抹殺だった。

こうなると、この国に住む者が、

〝禁字族を差し出せば自分たちだけは助かる〟

〝禁字族を国から追放すれば、いらぬ不安を抱かずに済む〟

こう考えてもおかしくはない。

ありうるのだ――少なくとも、人間の世界では。

が、ゼクト王はそれをしなかった。

〝女神が禁字族抹殺に執着している〟

その情報を持つ者も限られているのだろう。

ただ……甘くもある。ここの連中は、どうも優しすぎるきらいがある。

思いやりがあるのはいい。俺は好ましく感じる。

が、どうにも相手を信じすぎるというか。疑念が薄い、というか。

いいことだ。いいこと、なのだが――

こういうヤツらは、食い物にされやすくもあって。

外の世界にい続けたエリカはあれだけ疑り深くなっていた。……まあ、根っこの部分は恐ろしいほどいいヤツだったが。ただし、ずっとここで育った連中は――

「………………」

「ゼクト様だけではありません。わたしたちは、この国の方々にとてもよくしていただいています」

ムニンの顔に、葛藤が刻まれる。

「ベルゼギアさん……女神への復讐にはもちろんこの力をお貸しします。ただその前に一つだけ――お願いが」

「最果ての国はこれより、アライオンの勢力を迎え撃つ。それにワタシたち蝿王ノ戦団も加わってほしい……と？」

やや驚いた顔になるムニン。が、その表情はすぐに儚げな苦笑へと転じた。

「お見通し、なのね」

多分、さっきゼクト王が庇ってくれた話をしたのも。

彼の善性を、俺へ伝えるためだった。

「わたしたちも、それなりに戦えるよう訓練はしています。四戦煌を筆頭に、この国には戦うための勇士も存在しています。皆、平和に堕することなく……戦いには、備えてきたのです」

国民皆兵みたいなもんか。

「しかしそれでも、わたしたちは今の外の世界を知りません」

不安なのだろう。自分たちの戦い方が通用するのかどうか。

「だからあなたたちは、今の外の世界を知る者の力を借りたい。そこでワタシたちにも戦いに加わってほしい、ということですね？」

「お願い、できないでしょうか？　いえ……どうか、どうかお願いいたします」

深々と、ムニンが頭を下げる。

「——承知しました」

ムニンが顔を上げる。

「よろしいの、ですか？」

「どのみちワタシにとっても、いずれは障害となるであろう相手です」

というか、元よりそうするつもりだった。

迎撃への協力。

ゼクト王には、こっちの禁字族の件が固まってから持ちかけるつもりだった。

攻め込んでくるのは女神側の勢力。

機会があるなら、削っておくべきだ。

後でまとめて相手をするより、その方が絶対にいい。

着実に女神側の戦力を削ぎ落としていく。

特に、第六騎兵隊。

勇の剣すら〝強い〟と評した連中だ。ここで片づけておくに越したことはない。

しかも相手がアライオン十三騎兵隊なら、リズのいた集落の仇がいるかもしれない。

敵の規模もおそらく小さくはない。敵にとっては国攻めなのだ。

であるならば、最果ての国の者たちと共闘するメリットは大いにある。

蠅王ノ戦団単独で大軍を相手にするのは厳しい。が、こちらも数を揃えれば戦いは楽になる。むしろ懸念していたのは、この国が戦力を保持していないこと。

まったく戦える者がいないパターンというのが、不安材料だった。

「ぁ――ありがとうございます、ベルゼギアさん！」

ムニンが顔を輝かせ、両手で俺の手を取る。

「がんばりましょうねっ」

「協力はしますが、条件があります」

「条件？　え、ええ――わたしにできることなら、なんでもおっしゃって？」

「あなたは、参戦しないでください」

「え？」

俺はゆっくり手をほどき、部屋のドアへ向かった。

「万が一にも、禁呪を女神に放つ前にあなたに死なれては困ります」

「あ、ええっと――わ、わかったわ。ベルゼギアさんがそうおっしゃるなら……その懸念も、わかるもの。わたしが戦場にいると、気が散るわよね？」

「ご理解いただきありがとうございます。では早速、ワタシはゼクト王へ協力の旨を伝えに行きます」

「あの、一つ……聞いてもいい？」

ドアに手をかけたところで、ムニンが声をかけてきた。

「あなた……おいくつなの？　あ、いえ大した意味はないのよっ？　ただ、話していて……この方、年齢がぜんぜん読めないなー……って」

背中越しに、俺は自分の年齢を伝えた。

感情の読み取りづらい表情をするムニン。思索に耽（ふけ）っているようでもあるが……。

まあいい。

俺はひと言残し、そのまま退室して廊下を歩き出した。

と、曲がり角を折れた辺りで――

「――ん？　んー……ん？　え？……えぇ!?　嘘（うそ）っ!?　そ、そんなに若いのっ!?　嘘でしょっ!?」

あたふたしている気配、というか……まるで、今になってようやくのみ込めたとでも言わんばかりの――そんな困惑した声が、奥の部屋から聞こえてきた。


族長の家を出ると、アーミアが待っていた。

いや、待っていた――というか。

寝ていた。

とぐろを巻いて寝ている……器用に丸くなるもんだ。

んむあ？とラミア騎士が目を覚ます。にょろり、と立ち上がる（？）アーミア。

「ふぁ～あ……用事は終わったか？　首尾は、どうだった？」

「上々です」

「うん、ならよかったじゃないか。では、城へ戻ろう」

　集落を後にして洞窟を出る。街中を歩きながら、俺はアーミアに切り出した。

「ゼクト王に直接お話ししたいことがあるのですが、アーミア殿から取り次いでいただけませんか？」

「うーん、なぜ私が？」

「四戦煌の中であなたが最も話しやすいですから」

「うん、さすがは私っ――って、そもそもキミ！　四戦煌とは、まだ私としか顔合わせしていないのでは!?」

「ええ」

「まったく！　いけしゃあしゃあと！　ぬけぬけと！」

「とはいえ、話しやすいのは事実でしょう」

「――、……まあそうだな！　わかった！　話しやすいこの私から、陛下に話を通してみよう！」

「感謝いたします」

　このままの流れで、俺は改めて四戦煌の情報を得た。

アーミア・プラム・リンクス（ラミア）

ココロニコ・ドラン（竜人）
ジオ・シャドウブレード（豹人）
キィル・メイル（ケンタウロス）

ここに、

ゼクト（リッチ）
グラトラ・メロウハート（ハーピー）
リィゼロッテ・オニク（アラクネ）

この三名が加わって七煌、と。
つーか……ここには、スピード族以外の豹人族がいるのか。
で、アラクネってのは確か……上半身が人間で、下半身が蜘蛛のヤツだったたか？
アーミアが目を細め、中空へ視線を飛ばす。
「ん～？　あれは……グラトラ殿？」
俺たちの方へ飛んでくる一人のハーピーが見えた。
確かに、あれはグラトラだ。

ハーピーが飛行している姿はそんなに珍しくはないのだろう。

道を行き交う者たちが驚いている様子はない。……視線は集めているが。

グラトラが俺たちの前に降り立つ。ちょっと切羽詰まった雰囲気だった。

何かあったらしい。

呼吸を小さく整え、グラトラが口を開く。

「セラス・アシュレインが意識を失い、倒れました」

――セラスが？

「一体、何があったのですか」

「陛下のお許しが出たのもあって、彼女たちは部屋を出て城付近を見学していたそうです」

その最中に、何か起きたらしい。

「居合わせた者の話によると、畑を見学中に倒れたとのことでして。倒れる直前は、血の気が失せていたと」

今までの疲労が一気に出た？　病気か？　それとも、何か別の――

「今は城内に運び込まれて眠っています。ただ、うなされているそうで……なんでも、巨大ミミズがどうとか……」

「…………………」

そっちか。

ベッドで横になっていたセラスの開口一番は、

「……申し訳ございません」

だった。セラスは、目を腕で覆っていた。

ぱっと見、熱でダウンしてるみたいにも見える。

「今はもう大丈夫なんだな？」

「はい、今は」

自分に呆(あき)れている、みたいな調子である。俺は椅子を引き寄せ、ベッド脇に座った。

ここは城内の一室で、ベッドは一つ。他にはさして特筆すべき点のない簡素な部屋である。部屋には俺とセラスの二人だけ。ピギ丸、スレイ、ニャキは別室にいる。

ちなみに今、俺はマスクを脱いだ状態である。

「城の敷地内の畑を見学してたって？」

「ゼクト王が〝城の敷地内であれば自由に出歩いてよい〟とお許しをくださった、と伝えられまして……城内とその周辺の感じを把握しておくのも、悪くないかと」

で、ピギ丸たちを連れて敷地内を歩いていた。

そうして、敷地内の畑を見学中に起こったのが――

△

『地下でもこのような作物が生育するのですね。なるほど、これらもエリカ殿から伝わった技術を使っているのですか。さすが、エリカ殿です』

『ピギ～♪』

『パキュ～♪』

『はニャぁー……人間さんが全然いないこの光景に、ニャキはまだびっくりなのですニャぁ～……』

『ところでこの作物なのですが、実を言いますと私も初めて目にしぃやぁぁあああああぁぁぁあああああああ巨大ミミズーッ！』

『ピギィーッ!?』

『パキュー――ッ!?』

『セラスさんっ!?　突然どうしたのですニャ!?　うんと……このおっきなミミズさんがどうかしたのですかニャ……？　ご安心くださいニャ！　これはただのミミズさんです

ニャ！』

『…………ッ、――――』

『ピギィイイッ！』

『パキュゥウウッ！』

『はニャぁああ!?　セラスさんの顔から血の気が引いていくのですニャぁああッ！　もしかしてミミズさんのせいなのですニャ!?　にゃ、ニャら急いで……ニャキが埋め戻しますのニャッ！　はニャ、はニャ、はニャ……これでよしニャ！　セラスさん、ニャキが土の中にしっかり帰したのですニャ――はニャぁあ!?　セラスさん！　そのまま倒れると危ないのですニャぁあ！　というか、気絶してるのニャーっ！　お、お二人さん！　ニャキと一緒にセラスさんを支えてほしいのですニャ！　うニャニャー！』

▽

「――といった感じ、だったそうでして」

恥ずかしさがこみ上げてきたのか。

目もとを腕で隠したまま、セラスは耳まで真っ赤になっていた。

なんとなく、その時の光景が鮮明に想像できてしまった。しかし、まあこれは……

「ん？　どうした、セラス？」

セラスが目を覆っていた腕を上げていた。青い瞳を丸くし、不思議そうに俺を見ている。

「ぁ、いえ……その、あなたが——」

「？」

はにかみがちに言葉を継ぐセラス。

「そんな風に笑うのは……とても、珍しいので」

「そうか？　あの笑わない魔女と違って、俺は普段からけっこう笑ってると思うが」

「今のような……思わず吹き出してしまった感じは、珍しいかと」

「まあ、言われてみれば……」

そうかもしれない。いや、笑っちゃいけないのかもしれないが……。

ニャキたちのわちゃわちゃした光景を想像したら、どうにも微笑ましく思えて。

思わず、笑みがこぼれてしまった。

「……かもな」

指先で眉間をかきつつ、微笑する。

「怖い思いをしたセラスには悪いが……久々にこんな感じで笑えたのは、おまえのおかげだな」

セラスも、ふふ、と俺の微笑みに続いた。

「あなたの心持ちが軽くなる一助となったのなら、私としては幸いです」

「見方を変えれば、ミミズのおかげでもあるわけか」

セラスは複雑そうに、薄い掛け布の端を左右の指で摘まみ、

「ぅ……私も感謝、すべきでしょうか？　ミミズとなると、心情的に少々複雑で」

ちょっと拗ねた風に、そう言った。困った顔で眉尻を下げるセラス。

「もちろん、ミミズに罪がないのは承知しています……しかしミミズとなりますと……その、ミミズが……ミミズで、つまりミミズなので…………ミミズ」

セラスなりにミミズのよいところを探そうとしたらしいが、思いつかないようだ。というか……話しながら小刻みにぷるぷる震え、また青くなっている。

自罰的な様子で、セラスは目を閉じた。

「だめですね……蠅王ノ戦団の副長であるのに、ミミズ程度でこのような情けない姿。克服できるよう、がんばります」

「そのままでも、それほど悪くないと思うけどな」

「ミミズが苦手なままで、ですか？」

「セラス・アシュレインは、非の打ちどころを探す方が難しいハイエルフだ。そういう弱点が一つくらいあってもいいだろ。それに……」

まあ、

「可愛いと言えば可愛いしな、そういう弱点も」

「え――そう、でしょうか？」

「ただし、クソ女神陣営には隠しとくべきかもな。大事な局面でミミズ程度に邪魔されちゃあ困る」

冗談っぽく言うと、セラスは眉間に皺を寄せた。

むぅ、と口をへの字にして決意を口にする。

「やはり、克服する努力をします」

「するのか」

「します」

するらしい。

さて、セラスの無事も確認できたので――

「ところで、今後のことだが」

禁字族の協力を得られたことを、俺はセラスに話した。

ここへ迫る女神の勢力と戦うことについても。

話し終えた俺は椅子から腰を浮かせる。と、セラスが片手をつき身体を起こした。

労わりの表情を浮かべ、俺を見上げるセラス。

「ようやくここまで、来ましたね」

「今はまだ【女神の解呪（ディスペルバブル）】を無効化する力を手に入れただけだが……ああ。ようやく、下地が整ってきた」

蝿王のマスクを装着しながら、言う。

「ただ、まずはここへ向かっているヴィシスの手駒を潰す」

「やはり警戒すべきは、アライオン十三騎兵隊の中で最強と名高い第六騎兵隊でしょうか」

「今のところはな」

「私も、以前よりその強さは聞き及んでいます。前にお話しした通り、直接会ったことはありませんが」

第六騎兵隊。

ルイン・シールもそいつらの話をしていた。妙に歯切れは悪かったが。

言葉の感じからして、ルインは第六騎兵隊を嫌っている印象だった。

「十三騎兵隊ってのは、アライオンの国民にはあまり好かれてないんだったか」

「はい。以前お話しした内容の繰り返しも、入りますが――」

セラスはそう前置き、

「今の十三騎兵隊を束ねているのは公爵家の者のようです。第一騎兵隊の隊長で、十三ある隊の統括役は昔からその公爵家の者が務めているとか。第一騎兵隊だけは貴族の次男や三男なども所属していると聞きます。そして十三騎兵隊の他の大半は、あまり褒められるような過去を持つ者ばかりではない……そんな噂も、あるようでして」

強いが人格に問題のある傭兵や、ごろつき、罪人。

大半がそういった者で構成されている——そんな噂があるそうだ。

勇の剣から得た情報とそこは一致している。

「アライオン十三騎兵隊は各隊の独立性が強く、隊の規模なども各隊でバラバラだと聞きます」

「大所帯の隊もあれば、少数精鋭の隊もあるってわけか」

「そのようです。また、彼らは女神の命令しか聞き入れず、アライオンの王の命令であっても聞き入れないとか。一方で、女神の命令には驚くほど忠実だという話です」

「つまり勇の剣と同じく、ほぼヴィシスの子飼いと見てよさそうか」

あの人面種すら洗脳しやがった女神だ。

案外、第六騎兵隊もヴィシス手製の洗脳集団だったりしてな……。

「で……その中で最も強いってのが噂の第六騎兵隊、と。そこの隊長については名前以外知らないと、前に言ってたたな？」

セラスにとっては他国の話。詳しくなくても仕方あるまい。

「どんな人物だったか問われても、実際に会った者は〝これといった特徴のない男だった〟と答えるそうです。とにかく、印象の薄い人物だとか」

「影が薄いってことか……有名な騎兵隊の隊長をやってんのにな」

なんというか――それはまるで、空気を演じているかのような。

たとえばそう……かつての、どこかの誰かさんみたいに。

それこそ、モブでも演じているかのような。

「姓を知ってるヤツもいないんだったか。名は……確か、ジョンドゥ」

「はい」

名は、前にセラスから教えてもらっていた。

「いずれにせよ……油断は、禁物だな」

想定していたより弱かった。過大評価だった。それならいい。

が、はなから弱く見積もるのは危険だ。

相手を完全な弱者と決めつけた者たち――そいつらの末路を、俺はよく知っている。

セラスに背を向ける。

「これから、ゼクト王に会ってくる」

「私も行きましょうか?」

「いや、二人きりで話すことになってる」

「かしこまりました。それと近いうち、私もムニン殿にご挨拶せねばですね」

「最初は堅いタイプかと思ったが、意外と話しやすい感じだったぞ。セラスたちとも上手くやれるとは思う——じゃあ、また後で」

ドアノブに手をかけたところで、一つ質問を思い出す。

「泊まる部屋だが……同じ部屋でいいか？　二人一緒の方が何かと都合がいい」

ふふ、とセラスがちょっと悪戯っぽく微笑む。

「同衾でも、よろしいのなら」

「わかった」

「えっ!?　ぁ、はい——ぉ、お願いします」

「……なんだ、そんなに俺と同衾したかったのか」

「あ、いえっ……それは、その——」

ちょいっ、と恥じらうように両手で敷布を持ち上げるセラス。顔の下半分が敷布で隠れている。それから彼女は視線を脇へ逸らすと、観念した風に認めた。

「——、……はい。やはりしたい気が、いたします」

「冗談っぽく拒否されたら、それはそれで俺もショックだったけどな」

「私はこれでも常に本気なのです」

「なら、よかった」

言い置き、俺は部屋を出てドアを閉めた。

ゼクト王に話がある旨はアーミアを通して事前に伝えてある。

俺は、ゼクト王の待つ部屋へと向かった。


ムニンを連れてこの国を発つことになった。

俺はそのことを、ゼクト王に話した。

「わかった。ムニンの件は、承知した」

「改めてあんたには礼を言う。クロサガとの交渉がここまでスムーズに運んだのは、あんたの協力が大きい」

「礼ならばエリカ殿に言うとよい」

「エリカにはもちろん礼を言うさ。が、あんたにもやはり感謝してる。ああ、それから——ムニンが俺へ協力する条件というか……ムニンから一つ、頼みごとをされてる。ここを発つにしても、それを済ませてからの話になりそうだ」

迫りつつある女神勢力と戦うのに蝿王ノ戦団も力を貸す。そう伝えた。

が——ゼクト王の反応が、芳しくない。

「うぅ、む……」

懊悩(おうのう)気味に額を押さえるゼクト王。

「何か、懸念でも？」

「そちがクロサガの集落へ向かった後、七煌(しちこう)を集めて合議を行った。実は、現状の方針としては……女神の勢力とは、話し合いによる交渉を行うことになりそうなのだ」

交渉？

「……話し合いの通用する相手だと？」

「当初はヨも迎え撃つしかないと思っていた。ただ、合議の中で……」

ゼクト王が、そこで言葉に詰まる。

「七煌の中に、話し合いによる交渉を提案した者がいる？」

「……そちの推察の通りだ。平和的な交渉によっておさめるべしと強く主張しているのは、宰相のリィゼロッテという者でな。七煌の中で、彼女は最も発言力を持つ者でもある」

七煌？

七煌には、不死王ゼクトも含まれているはずだ。

「宰相が、王よりも発言力が上なのか？」

そうだ、と恥じ入る風に頷(うなず)くゼクト王。

「この国は、長らく戦と縁がなかった。そんな国で最も称賛されるものが何かと言うと……それは内政の手腕であり、技術を発展させる者たちだ。そして、代々中心となりそれらを担ってきたのがアラクネたちなのだ。中でも、歴代宰相を排出しているオニクの一族は特別な立ち位置でな」

エリカがこの国へ託した技術。

運用、ひいては発展を担ってきたのも、オニクの者なのだという。

「ヨは長生きこそしているが、決して戦上手ではない。個人的な武力も大したことはない。この国に引きこもっているから外の知識も入らぬしな……そう、ヨはただ長く生きているだけなのだ。実質的にこの国を動かしているのも、ヨではない……」

不死王。死なぬ王。が、不老とは限らない。

人間もそうだ。

長生きしているからと言って、必ずしも若者より優れているわけではない。

これが〝不老〟長寿ならずっと精力的に活動できる。

けれど、年月と共に様々な能力が少しずつ劣化していくのなら……

「不死王と言っても、常に全盛期を維持できるわけではない。となれば当然……精力的に活動する配下が必要となる、か」

「その通りだ。ゆえに、秀でた者たちをしかるべき役割へ配し続けねばならない。そちたちの世界もそうであろう。王一人では、国は決して回らぬ」

確かに。しかし、王より発言力が強いってのは……。

「他の七煌も、宰相の方針に賛成なのか？」

「明日、改めて七煌でそれを決めることになった。国の今後を左右する決断だ……一晩くらい、考える時間が必要であろうと」

俺はあごに手をやって俯きがちに黙考した。ほどなくして、顔を上げる。

「あんた個人としては、どうしたい？」

「ヨとしては、この国の行く末は他の七煌に委ねたいと考えている。ただ……」

一拍置き、続けるゼクト王。

「そろそろ外の世界とこの国を繋げねばならぬ、とヨは考えている。つまりそう遠くない未来、この国を外へ開く必要がある……ヨは、そう思っているのだ」

「…………」

「明かしてしまうと、この国は一つの危機に直面している」

俺は黙って次の言葉を待った。ゼクト王は嘆息し、言った。

「危機というのは、食糧問題だ」

「つまり……この国に住む者たちを、そろそろ賄えなくなってきている？」

疲労がちに息をつき、首肯するゼクト王。

「エリカ殿から授かった技術や古代魔導具の力で、どうにかここまでやって来られた。しかし……国に住む者たちの数も増えている上、食糧生産を支えてきた一部の古代魔導具が寿命を迎え始めているのだ。この国でそれを知る者は、今のところ限られているが……」

「だから外の世界と繋がりを持ち、外で食糧を得られる環境を作る必要がある」

「そうだ。だからこそ、ヨは……」

「外の世界の者たちから〝排除すべき敵〟と認識されぬよう、できるだけ平和的に解決したい」

「うむ……ゆえにヨは、リィゼの示した方針を魅力的と感じてしまった。この国がようやく外の世界へと開いた途端、人間と戦わねばならないというのは……とっかかりとしては、あまりに我々側の印象が悪い」

理屈もわかるし、気持ちもわかる。しかしそう話すゼクト王にも──

「が、迷いもある？」

「うむ……女神の存在が気がかりなのだ。いまだこの国に執着している女神の手の者が……果たして、我々の平和的交渉に応じてくれるものかどうか……」

「応じる可能性は、低いと思うが」

「ベルゼギア殿はそう思うか？」

「特にここへ向かってる連中……アライオン十三騎兵隊なんかは〝仲良くしましょう〟と提案したところで、本心から〝はい、そうしましょう〟と応じる連中とは、とても思えない」

「……そう、か」

悲嘆的に息を落とすゼクト王。

「ただ……さっきも言った通り、ヨにはわからなくてな。一縷の望みに賭けたい……真摯に話し合えばあるいは、とも思ってしまうのだよ」

「……ま、今のも俺個人の感覚と言われちまえばそれまでだしな。そして俺には、この国の行く末を決める権限もない。が、共に戦ってほしいと言われれば力を貸す。それに……その攻めてくるヤツらの中に、潰しておきたい連中がまじってるらしくてな」

「……何か、因縁でも？」

「仇討ちだ。大切な仲間関係の、な」

リズの集落を壊滅させたヤツら。

しかも、そいつらの狙いはおそらく禁字族。俺としては、潰さざるをえない。

が、さすがに今回は相手の数が数である。

蠅王ノ戦団だけで相手をするのは、なかなか厳しい。

そして――ムニンだけを連れてここを離れれば、残されたクロサガはほぼ確実に殺されるだろう。

ムニンはクロサガを救いたい。だから、俺に力を貸してくれる。

なら、ムニンだけを連れて最果ての国を離れる選択はできない。

ニャキのこともだ。ここが当面あいつの居場所になるのなら……

守らなくちゃ、ならない。

どうする？　ニャキと一緒に、クロサガを部族ごと外へ連れていくか？

あの人数を？

いや、現実的ではない。

もし明日、話し合いによる平和的交渉の方針で固まった場合……

俺としてはなかなか困った事態になる。

そして俺個人としては——平和的な交渉など、ありえない。

「————」

思考を、走らせる。

「ベルゼギア殿……？」

「ゼクト王」

「う、うむ」

俺は宰相について人となりも何も知らない。ひとまずここは——

「これから七煌をもう一度、召集してもらえないか？」

一度、直に会って話してみるべきだろう。

動くにしても——まずは、そこから。

◇【安智弘】◇

大魔帝襲来の機に乗じ、人々を襲おうとしている魔物たちがいる。

その魔物たちが隠れ住むという最果ての国。

安智弘が女神から頼まれたのは、その国の魔物たちから人々を救うことだった。

「ついでに、蠅王ノ戦団の勧誘であったな」

鞍上で、安はそう独りごちた。

彼は第六騎兵隊と共に街道を進んでいた。

今は、ウルザとアライオンの中間くらいまで来ているらしい。

安は一人、他の者よりやや距離の開いた状態で先頭にいた。

（ふん、しかし女神も弱気なことだ。僕のような優秀な勇者がいるにもかかわらず、どこの馬の骨とも知れぬ呪術師集団などを頼ろうとするとは……）

気に入らない。特に、ベルゼギアとかいう団長。

なんでも、そいつは大陸一の美女をはべらせているとか。

（やはり異世界人はアホの極み……情にほだされやすい単純バカ女がその大半を占めているのだろう。まったく、けしからん話だ……）

セラス・アシュレイン。

アライオンにいた時、写実画を目にした。

見た目はまあ……評判通り、抜群だったかもしれない。そこは認めるしかない。

スタイルも、満点に近い合格ラインをやってもいいだろう。

くびれも褒めてやっていい（絵のスタイルを維持しているならだが）。

そもそもエルフはガリガリなイメージがあった。けれど、部位によっては意外と肉感的だった。胸にしてもだ。慎ましいとは言い難い。

（オスに媚びたタイプの胸だが……まあ、そこは妥協してやるか）

実際に目にしたクラスメイトもいて、絵以上だったとも聞く。

……なんだそれは。ヒロインではないか。

違うだろう、と安は唇を噛む。

そういうのはまず僕と出会ってしかるべきだろう。

これはもう、間違いの原因を殺すしかない。

今回の裏任務は、女神から一つとある条件を出されている。

もしベルゼギアが勧誘に応じなかった場合――始末しろ、と。

口端を歪める。

（……勧誘は最初からしない。ナシナシ、ナッシング！　蝿王とかいうのは焼き払って殺してしまおう。勧誘するふりをして、二人きりの状況を作って……消し炭にしてやる。消し炭を処理したら……そうだな……僕のあまりの有能さに嫉妬したのか、突然ベルゼギアが僕を殺そうとしてきた。だから、正当防衛で焼き殺した……なんだこれ？　完璧過ぎる……）

いける。完璧なシナリオだ。

（やはり僕は女神の言う通り頭脳を駆使して戦える数少ない勇者。桐原や小山田、綾香とか高雄妹みたいな脳筋どもとは出来が違う……聖はまあ、そこそこ見どころはある。でも、桐原とか綾香は……）

不意にせり上がってくる苛立ち。

貧乏ゆすり気味に、馬上で安は小刻みに足を震わせた。

（脳筋バトルはだめだ。だめだめ過ぎるっ……桐原や綾香のような攻撃力極振りみたいなアホでも活躍できてしまうからな。まあ、あいつらはそれしか能がないので哀れでもあるがあ……ああ、でもむかつくなぁ。あいつらが活躍できたのは運が良かっただけなのに。真の実力じゃないのに。はぁ……ていうか魔防の白城の戦いは適材適所じゃなかったんだから、僕があそこで活躍できないことくらいわかれよ……はぁ……あれじゃ僕が無能みたいで心外だ……あーあ、みんなアホ過ぎて困る……）

世の中やっぱりアホばかり。

（セラス・アシュレインも、適当に丸め込めばすぐ僕になびくだろう……国を捨てて逃げるような薄情者らしいし……）

「この辺りで、しばらく休憩するであります」

普通としか表現しようのない声が、発せられた。

中肉中背の黒髪の男。

普通、普通、普通。平均値の極み。没個性の体現。

かろうじて特徴的なのは口調くらいか。

第六騎兵隊の隊長だという。名はジョンドゥ。

安は振り向き、見下した目でジョンドゥを見る。

（あいつは自力ではなく、親の七光りで今の地位にいるボンボンに違いない……強そうにも見えないし。はぁ……人材不足、人材不足！　勇者がいないとアライオンは何もできない！　愚か愚か！）

「もう休憩か……やれやれ、軟弱な」

「申し訳ないのであります。わたしたちは黒炎(こくえん)の勇者殿と違い、普通の人間なのであります。どうか、ご容赦願いたいであります」

媚びた態度――イライラする。

馬を繋（つな）ぎ、安と第六騎兵隊は雑木林の中で焚火（たきび）を囲んでいた。

焚火には大鍋がかけられ、食材が煮込まれている。

食欲をそそる香りがふんわり漂っていた。

安の左右だけ明らかにスペースが空いている。

どう見ても安だけこの集団に溶け込めていない。

ふふ、と安は満足の笑みを浮かべた。

昔の自分ならこういう空気は居心地が悪かっただろうが、今の自分は違う。

自分は今や女神からその力を必要とされる勇者なのだ。

第六騎兵隊？　まあ、実力はそこそこあるのだろう。

しかし、Ａ級勇者である自分の敵ではない。

まあ——尊敬の念が見えないのは、気に障る。

「【剣眼ノ黒炎（レーヴァテイン）】」

固有スキルを、発動。

夕食をよそいかけていたジョンドゥが、ぎょっとなった。

「ど、どうなさったのでありますかっ？」

「いやなに……我が暗黒の炎を急に見たくなった。我が炎が貴様たちを驚かせてしまったのなら……謝ろう」

「お、驚いたであります……それが勇者殿の、固有スキルでありますか」

「上級だ」

「？」

「我は上級勇者だ。ただの勇者と一緒にされては困る……二度と間違えるな、無礼者」

ジョンドゥはおたまを置き「こ、これは——」と、土下座に近い姿勢を取った。

「失礼しましたであります！」

すっくと立ち上がる安。

「貴様——本当に、強いと噂の騎兵隊の隊長なのか？　ん？」

安は頭を下げるジョンドゥの後頭部を、ぐいっ、と踏みつけた。

踏みつけられ、ジョンドゥの額が地面に押しつけられる。

「！」

他の者の空気が一斉に剣呑さを増した。安は、ぐるりと周囲を睨めつける。

「なんだ？　まさか……A級勇者であるこの僕に勝てるつもりか？」

安の右手は今も黒炎を纏っている。

「……はっきりさせておこうと思ったのだ。ここにいる者と我との間には、恐るべき力量差が存在しているとな。それとも……」

黒き炎を纏った手を誇示する。

「この場で何人か、消し炭にせねばわからぬか？」

「て、め――」

ピンクの体毛を持つ男がキレ顔で距離を詰めてきた。

体格がよく、負け犬の小山田くらいには上背がある。

品のないふてぶてしい顔つき。

そして、獣めいた耳とピンク色の尻尾。

「貴様は確か、神獣とやらか。威勢のよいことだな。貴様、名はなんと言った？」

「隊長さんよぉ!?」

安の問いをスルーし、神獣がジョンドゥに呼びかける。

「なんで、こんなやつにいいようにさせてんだよ!?　あぁ!?　こんなやつ大したことねーだろ！　この前の戦いで、こいつ指を何本か魔物に斬られて戦場から真っ先に逃亡したそうじゃねーか!?　勇者っつっても、雑魚だろ雑魚！」

「このぉっ……無礼者がぁああ！」

安は足をジョンドゥの後頭部から離す。そして振り向きざま、右腕を薙いだ。

黒炎が神獣へ襲いかかる。

「!?　うがぁあっ!?　くそぉお!?　や、やめろ！」

錯乱し、纏わりつく炎を払いのけようとする神獣。

「安心するがよい……殺しはせぬ。神獣は貴重な存在なのだろう？　感謝するがいい。神獣でなければ、焼き殺していたところだ。ただし……先ほどの無礼は見逃せん！　己の身の程知らずを、我が炎で反省するがよい！」

その時だった。

炎に巻かれる神獣と安の間に、ずいっ、と副長が割って入った。

「ひどいなー、これはなー。さすがになー。やり過ぎじゃねーかなー？　なー？」

「…………」

高身長で、筋肉はギュッと引き締まっている。

後ろへ撫で気味に流した金髪。ところどころ髪がほつれ、垂れていた。

垂れ目気味だが眼光は鋭い。

顔だちは精悍だが、雰囲気のせいか、いかつい印象も受ける。

その気怠そうな話し方も相まって、独特の不気味さもある。

威圧的に安を見下ろす副長――フェルエノク・ダーデン。

彼の手には、剣が握られていた。

「ふん……」

普通オブ普通なあのジョンドゥより、この男の方がよっぽど〝隊長〟のイメージが強い。

安は、顔合わせの時点ですでに真実を看破していた。

（ジョンドゥは家柄だけで隊長に据えられたお飾り。やはりこの第六騎兵隊、実際はこの男によって運用されているに違いない）

つまりこのフェルエノクよりも〝上〟だと証明できれば。

第六騎兵隊の者たちも自分を認める。

「……どちらが上か、この場で決めてしまうか？　我は構わぬぞ？　まあ、この黒炎の勇者を恐れるのなら逃亡を止めはせんがな。ただしその場合、貴様の完全敗北である」

安を睨み据えたまま、フェルエノクが口を開く。

「……隊長ー、あのさー」

「そ、そこまでにしようであります！」

ジョンドゥが立ち上がって、制止の声を発した。次いで、彼は深々と安に頭を下げた。

「隊長であるわたしに免じて……どうか、ラディスとフェルエノクの無礼を許してやってほしいのであります！　この通りであります、上級勇者殿！」

「あのさー、たいち――」

「フェルエノク」

ジョンドゥが、フェルエノクに呼びかけた。

と、フェルエノクは口をつぐみ、そのまま引き下がった。

一方、毛の一部が焦げた神獣――ラディスは怒気を放った。

「隊長……ッ！　意味がわかんねぇですよ!?　なんなんすか!?　こんなの、我慢しろって方が――」

「ラディス」

「――、……っ！」

安は首を傾げた。

特に威圧するでもなく、今、ジョンドゥはラディスに呼びかけた。

なのにラディスは二の句が継げなくなった。

不承不承、おとなしく引き下がったのである。フェルエノクもそうだった。

あんな平凡な男を怖がるなんてどうかしている。

恥ずかしいやつらだ、と安は思った。心の中で軽蔑した。だから、

「恥ずかしいやつらだ」

口に出して、言ってやる。今の自分なら言える。言えるのだ。

力が、あるから。上級勇者、なのだから。

「くっくっくっく……自分より弱き者であっても、貴族という家柄――権威には逆らえぬのだなぁ!?　ふはははは！　笑えるではないか！　これまたなんという小者たち！　紛うことなき、弱者たち！」

愉悦で、愉快。

「だが、仕方あるまーい！　強者に媚びねば生きられぬのだからなぁ!?　それが異世界人なのだろう!?　別世界の者に頼らねば生きられぬ――弱者弱者弱者ぁああ！」

気分が、いい。これが、これこそが――強者の特権。

弱者は黙るしかない。虐げられるしかない。やられ放題に、なるしかない。

「さあほら、どうする!?　あの女神から他の勇者より格上だと認められ、重要な任務を与えられた我をどうする!?　ん!?　この世界に必須な我を、どうしたいのだ!?　ふははははは！」

前の世界と、同じだ。

真の発言権を持つのは強者だけ。いい思いをするのはいつも強者。

そしてここにいるやつらは――せいぜいが、吠える程度の弱者。

逆転。

逆転だ――完全に。

異世界転移で、完全に、逆転した。

何よりここには目障りなあいつらがいない。

今や負け犬へ転落した腕っぷし以外取り柄のない小山田も！

調子に乗って無駄に偉ぶっているカンチガイ桐原も！

人を見下したような態度の変人姉妹も！

運に助けられてばかりの、頭がお花畑なおせっかい委員長も！

「この黒炎の勇者がいなければ大魔帝は倒せぬのだろう!? これから果たす任務も、我なしには達成不可能なはず！ あの女神が誰よりもそれを理解している！ だから我を選んだ！ やはりあの女神は賢い！ そうだ、この安智弘がいなければ貴様たちも大魔帝に蹂躙されて終わる！ 理解せよ！ 我なくして、貴様らは決して救われぬことを……ッ！」

「………」

「………」

「………」

「ゆめゆめ肝に銘じるがいい、弱者たち！」

「………………………………」「………………………」「………………」「…………………………………………………」「………………………」「………………………」「………………………………………………………」「………………………………」「…………………………………」「………………………………」「………………………………………………………………」「………………………………………………」「………………………………」「……」

◇【高雄樹】◇

「委員長と姉貴の件、クラス以外の連中にもけっこう広まってるみたいだぜ」

「計画通り、といったところね」

高雄樹は聖の部屋にいた。室内には、自分と姉しかいない。

大好きな姉と二人で過ごす時間——樹にとっては、何にも代えがたい時間である。

たとえ、そこがどんな場所であろうと。

「けどさー、みんなの前でキスとか迫ったのはやり過ぎだったんじゃねーかなぁ？　てか、まさかの未遂で済んでないし……」

「噂を〝噂〟で終わらせないための、だめ押しのつもりだったのだけれど」

「……委員長、滅茶苦茶あたふたしてたぜ？」

ほんのわずかだが、聖に珍しく反省の相が走った。

「確かに……十河さんには悪いことをしたかもしれないわね。彼女のああいう自然な反応は、私としてはありがたかったけれど」

「まー、演技を意識し過ぎると嘘臭くなるしなー……けど、本来はフリだけで、本当にしなくてもいいって事前に伝えてはあったんだよな……？」

「〝適当に私に合わせてくれればいい〟と伝えたんだけど……どうやら、私が言葉足らずだったみたいね」

そう、本当にキスをする必要はなかった。聖も、綾香は適当な理由をつけて拒否すると思っていたようだ。が、綾香はしないといけないと思ったらしく……。

聖はそこで口もとに手をやり、思案顔になった。

「――ねえ、樹」

「ん？」

「私はファーストキスの相手なんてどうでもいいのだけれど……もしかして十河さんも、初めてだったのかしら？」

「あの反応は――そう、だったかも」

細く息をつく聖。

「だとしたら、重ねて悪いことをしたわね。許してもらえるかわからないけど、あとでちゃんと謝っておくわ。事故だったとはいえ、私の言葉足らずが招いた事故なわけだし。責任は私にある」

「うーん、アタシには……委員長の方がテンパって、つい勢いでやっちまった風にも見えたけどなー……？」

「〝テンパらせた〟原因が私ならそれは私のせいよ。今回の件に関しては特に……いえ、私もまさかあそこまで狼狽されるとは……」

こういう、変なところで気を回す姉でもある。

「にしても、姉貴は人を手玉に取るのほんと上手いよなー」

「将来は詐欺師が有望かしらね」

「……大成してる姿が本気で想像できるから、冗談でもやめてください」

言って、樹は後ろへ椅子を傾けた。グラグラ揺れる椅子の上で、天井を仰ぎ見る。

「けど、委員長もなんかカワイソーだよな……女神から目の敵にされてる感じでさ。アタシ、あの女神ほんと嫌い」

「あれは過去に執着するタイプね。癇に障ることをされたら、とことん根に持つタイプ」

「うげぇ……アタシそういうやつマジで無理ぃ。相手がちゃんと反省してるなら、過去のことは水に流していいじゃん」

「――まあ、狙いはそれだけでもないんでしょうけど」

「どゆこと？　あいつの態度は、委員長が嫌いってだけが理由じゃないの？」

「心を折ってしまえば操りやすい、と考えてるんじゃないかしら」

「え、そうなの？　エグい……」

「これまでも勇者の何人かは、そのやり方で操り人形に仕立てていったのかもしれない。心身共に疲れ切っている状態って、特にマインドコントロールしやすいから」

「メンタル破壊して、洗脳って……ほんとに神様なのかよ、あいつ……」

「むしろ私は、十河さんの打たれ強さの方に驚いているけれどね。彼女……想像以上に芯が強いわ。前の世界にいた頃は、あそこまでとは思わなかった。最初は一応、機を見て助け船を出すつもりだったけれど」

なんでも見通しているように見える聖。しかし、そんな聖でも見抜けない一面はあるようだ。案外、他のクラスメイトも想像と違う面を持っているのかもしれない。

「アタシはむしろ、戦いでの強さの方にびっくりしたよ。なんつーか、委員長だけ強さの次元が異質じゃね？　委員長の場合、S級勇者だからとか……なんか、そういう次元でもないような気が」

「彼女の存在はいつか、この戦いにおける〝鍵〟となるかもしれないわね」

薄い唇にそっと指を添え、口もとを緩める聖。

「もし……私の色仕掛けで落とせるなら、今のうちに本気で落としておくべきかしら？」

姉の表情に見惚(みと)れながら、唾をのむ樹。

(——姉貴の、色仕掛け……)

想像が、つかない。

今のが姉なりの冗談なのはわかっている、が、リアルにちょっと見てみたい気もした。

「…………」

そこで樹は二回、小指で下唇を擦(こす)った。

すると聖も自分の下唇を、樹と同じ回数、小指で擦る。

これは二人で決めた合図の一つ。

聖の固有スキル【ウインド】は、思った以上に応用がきく。

その応用の一つに気配感知がある。

風のかすかな揺らぎから人の気配を察知できるのだ。

効果範囲もけっこう広い。誰かが部屋の前で盗み聞きしているかどうかが、それでわかる。先ほどの合図は、その盗み聞きの有無を確認するものだった。

樹から確認を取る場合は、樹が下唇を二回擦る。そのあと、
聖が上唇を擦ったら〝盗み聞きされている〟。

逆に下唇を擦ったら〝盗み聞きされていない〟。

聖は――下唇を擦った。つまり、盗み聞きはなし。

なので今はフェイクの会話をする必要もない。

二人はすでに、この合図を何度かやっていた。

それでも一応声の音量を落とし、樹は尋ねる。

「で、姉貴……例の件、どうなりそう？」

「ひとまず一度、女神と一対一で話す必要がありそうね。次の動きは、それから」

「姉貴が、女神と？」

「確証を得るために、見極めたいことがあるの」

「……わかった。アタシの方は、まだ何も動かなくていい？」

「ええ。まだ当面は、いつも通りに過ごしていて」

「おっけい」

樹は女神が嫌いだ。同時に、奇妙で得体が知れないとも感じている。

正直なところ、まったく怖くないと言えば嘘になる。

が、聖の存在がそういうマイナス感情を跳ね返してくれる。

姉に頼りきりで主体性がないとか、姉の優秀さに悔しさの一つも抱けない生粋のシスコンだとか。姉にべったりな自分に対し、そんな風に言う者もいる。

なんとでも言えばいい——事実、そうなのだから。

樹は座り直すと、改めて姉に向かい合った。ちょっと前のめりになって、言う。

「何があっても、アタシは姉貴についていく」

昔と何も変わらぬ心持ちで、樹は続きを口にした。

「あの女神を、敵に回すとしても」

「ありがとう。私は、いい妹を持ったわね」

「……へへ」

十河綾香は異次元の強さを誇る。

が——高雄樹からすれば、高雄聖もまた異次元の存在。

十河綾香の戦闘能力と、高雄聖の頭脳。

なんだろう、この二人が本気でタッグを組んだなら——

なんでもできそうな、そんな気がしてくる。

聖はというと——黙考していた。やがて、聖が口を開く。

「ねえ樹、神族ってなんだと思う？」

「へ？」

「この世界の人たちは、女神や神族についてどのくらい知っているのかしら？」

「うーん……そういやアタシ、あんまし考えたことなかった……」

「閉架書庫の文献を漁っても、神族について記された書物は皆無に等しい。この国の人間に尋ねてみても、今のところ神族そのものについて詳しい人物にはまだ出会っていないわ」

「言われてみると、女神ってそもそもなんなんだろーな？」

自分の知っている〝神様〟とは何か違う気もする。

ぱっと見、人間と変わらぬ肉体を持ってしゃべっている時点で……。

樹の考える〝神様〟とは、やっぱりイメージが違う。

「あるいは、先入観があるのかもしれないわね」

「え？」

「神族は一人しか存在しないという、先入観」

「……え？　それって……他にも、神族がいるかもってこと？」

「現時点では、あくまで可能性の話でしかないけれどね。ただ……」

樹とは対照的な綺麗な姿勢のまま、聖は続けた。

「神族について書かれた文献がなさすぎるのが、逆に気になるの」

「ええっと要するに……神族について書かれた本は、女神が焼くとかして全部処分してるかも……ってこと？」

「ないとは言い切れない。さて、仮にそうだとすると……それは一体、どんな可能性を示唆していると思う？」

ちょっと考えてみる。

「うーんと、つまり……女神にとって、他の神族は邪魔な存在……？」

「そう。その可能性は、十分にありうる」

「けどさ、姉貴。もし他の神族がどっかにいるんなら、そいつらは何やってんだって気もしない？　あの女神、マジでやりたい放題じゃん」

「――――とも、言い切れないと思うのよ」

「え？」

樹には、今の状態が女神のやりたい放題にしか見えない。

が、聖にはそう見えていないらしい。

「女神とこの世界を見ていて、何か妙だと思うことはない？」

「…………」

「…………」

「……わ、わかりゃんです」

たとえば、学校の勉強は簡単だ。

ほどほどの予習と復習さえやっていれば、試験では簡単に高得点が取れる。

聖にこそ及ばないがクラス内での樹の成績順位は高い。

が、今聖にされたような質問は苦手である。予習と復習が通用しないからだ。

聖の見えているものが樹には見えない。こういう時、樹は相反する二つの感情に囚われる。

姉と同じ〝景色〟を見られない悔しさ。しかしそれと同時に覚えるのは、姉への尊敬。

自分では見えないものを見ている姉――見ることができる、姉。

「この世界で、女神は何百年と生きている」

「うん、すげぇばーさんだ」

「……は、ともかく」

しゅんとなって謝る樹。

「ごみんなさい」

「……まあ、そういうところも樹の美点だけれど」

こういう時、聖は怒らない。

樹は努めて面を引き締め、姿勢を正した。聖は、続ける。

「他にも長寿の種族はいるようだけど、今は表舞台から姿を消しているみたい。禁忌の魔女とやらも」

「表舞台で無駄に長生きしてんのは、女神だけってことか」

「ええ、見える範囲では」

「けどさ、それのどこが〝妙〟なんだ？」

「国がいくつにも分かれていて、今も統一されていない」

「ん？　つまり……どゆこと？」

「いい？　女神にはまず、異界の勇者という強力な駒がある。根源なる邪悪を倒した後もこの世界に残った勇者がいることは、過去の記録からもわかる。つまり、女神は彼らの力を他国の侵略に用いることもできたはずなのよ」

「――あ」

そうか。そうだ。

異様な長寿とは、アドバンテージなのだ。

仮に優秀な人間の王がいても、いずれは寿命で死ぬ。そう――女神より早く。

加えて、レベルアップで恐ろしく強くなった異界の勇者。

根源なる邪悪を倒すほどの力を持った者たち……。

彼らを使えば、他国の征服も容易だったのではないか？

「この世界の今の情勢だけ切り取ってもやっぱり妙に感じるわ。本来、一丸となって根源なる邪悪に立ち向かうなら〝神聖連合(しんせいれんごう)〟なんていうもの自体、そもそも不合理なものだもの」

「確かに……連合なんて組むよりは、元から一つの国になってた方がいいよな。女神自身もすごい力を持ってて、この世界で強くなった異界の勇者もその女神の言うことを聞くんだったら……やろうと思えば、この大陸の征服くらい簡単にできそうなもんだよな……」

「なのに、そうなっていない」

「てことは……？」

「何か〝そうできない理由〟がある、と推測できる」

「そうできない理由かー……え？　姉貴、もしかしてもうそれの見当ついてる？」

「これもあくまで推測だけれど……神族は、干渉できる範囲のようなものが決まっているんじゃないかしら」

樹は、黙って聖の話に耳を傾けた。

「たとえば……監視システムや、評価システムのようなものがあって……関わる事柄によっては、神族自ら神の力を行使すると〝干渉し過ぎ〟として大きな失点になる。けれど……自分以外の者を使えば大した失点にならない、とか」

聖は独り言のように、その思考を口に出して並べていく。

「そう……根源なる邪悪を打ち倒すという目的に沿うなら、女神自身もかなり自由に動けるけど……それ以外の事柄に関しては、やり過ぎるとそのシステムに引っかかってしまう。この世界の国家群の在り方への過干渉も、そのシステム的には問題があって……だから、女神は〝ここまでなら大丈夫〟というラインを、長い時間をかけて見定めたんじゃないかしら？　その結果が、この世界の現状……」

要するに、

「意外と女神もやりたい放題にはできない……ってこと？」

樹が言うと、聖は目で同意を示した。

「そして——女神はおそらく、他の神族の干渉を望んでいない。もし他の神族の干渉を引き起こすトリガーが、その監視評価システムのようなものだとすれば——」

怜悧（れいり）な瞳で、聖は静かに虚空を見据える。

「それが女神にとっての、アキレスのかかとになりうるのかもしれない」

◇【高雄聖】◇

「お待たせいたしましたー、聖さん♪」

ソファのような革張りの椅子に、女神が腰をおろす。

一方の高雄聖は、低い卓を挟み、女神の差し向かいに腰をおろしていた。

応接室を思わせる部屋。

女神は私的に使える部屋を城内にいくつも持っている。

その女神だが、最近は特に多忙を極めているという。

この場のセッティングにしてもなかなか時間がかかった。

実際、大魔帝軍が本格的に動き出してからの女神はてんてこ舞いらしい。

加えてそこへ先のミラ帝国による宣戦布告。

アライオンの者にとっても、ミラの〝反乱〟は青天の霹靂だったようだ。

「ヒジリさんが私とこういう場を持ちたいとは珍しいですねぇ。あら？　今日は仲良しの妹さんはご一緒じゃないのですか？」

「ええ、今日は私一人です」

「そうですか。それで、どんなご要件でしょう？」

「いくつか、確認しておきたいことがありまして」

聖はへりくだった語感で切り出した。言うなれば、秘書のような調子で。

「まず、私たち勇者の今後の方針についてうかがいたいのですが」

「そういったお話でしたら……他のＳ級勇者さんも同席しなくてよいのですか？　真面目で元気なイインチョウさん、とか」

「わかっていて、あえておっしゃっていますね？」

「うふ♪」

女神が笑顔を深め、両手を叩き合わせた。

「やはりヒジリさん、あなたは私が見込んだ通りの勇者のようですっ」

「今の２‐Ｃはある程度、私がコントロールできる状態にある……あなたは、そう読んでいるのでは？」

「あら？　私の読み違いでしょうか？」

「否定はしません」

「でしょう？　あ、少しお待ちを」

女神が飾り棚の方へ行き、銀杯を二つ持ってきた。片手で杯を二つ持ち、もう一方の手に瓶を持っている。互いの座り位置の前――その卓上に、女神が杯を置く。

女神は瓶の中身をなみなみと杯に注いだ。

「トノア水です。遠慮せず、どうぞ」

「ありがとうございます」

聖は礼を述べるも、すぐには手をつけない。

一方の女神はホクホク顔で杯の中身を呷った。

「以前……ほら、あなたが私に噛みついたことがあったじゃないですか？　ヒジリさんが〝ソゴウさんのところにだけ師をつけないのは不公平だ〟みたいな世迷い言――失礼――進言をしたことが、あったでしょう？」

「あの時は、十河さんへ師をつける件を一考していただけて感謝しています」

「いえいえ～？　感謝でしたらあの時いきなり師として名乗りを上げた竜殺しさんにしてください。あ、でも今は……無理をするあの性格が災いして、ズタボロになってしまったんでしたね。かわいそうですよね。まるで、何かの悪い冗談みたい」

「なぜ今、あの時の話を？」

「うふふ、知っていますよ？　知ってしまいました。ヒジリさん、ソゴウさんに対して深い恋愛感情を持っていたのですね？　であれば、あの場で脈絡なく私に意見してきたのも納得がいきます」

聖は膝を綺麗に揃え、頭を下げた。

「あの時は申し訳ありませんでした。あそこで庇えば、彼女の気を引けるのではないかと思い……つい、勢いであのような真似を」

「まあ、仕方ありませんね。私も最初は〝どうしてヒジリさんは自分の立場も弁えず、あんなひどい態度を取ることができるのだろう？〟と、本当に胸が苦しくなりました。ですが……恋心ゆえの行動なら、納得せざるをえません。そんな単純でアホく――素敵な理由なら、許すしかないでしょう？」

「寛大なお心に、感謝します」

「…………いえ、私も意図せずちょっと口が悪くなってしまった面があったかもしれません。私たちだけは、上手くやっていきましょうね？　あら？　そちら、お飲みにならないのですか？　いりませんか？　下げますか？」

笑顔の女神が聖の杯を手で示す。聖は、まだ手をつけていなかった。

「喉が渇いたらいただきます」

「そうですか。あ、そういえばヒジリさん……」

女神が立ち上がる。

この部屋には奥の部屋へと続くドアがある。ドアを開け放ったまま、女神は奥の部屋に消えた。ほどなくして、女神が何か抱えて戻ってくる。

大きな厚布の袋。寝袋……のように、見えなくもない。

紐で口が固く結ばれていて、中身を閉じ込めているようだ。

「すみませんがヒジリさん、卓上の杯を端へどけてもらえます？」

聖（ひじり）は言う通りにした。

「ありがとうございます♪」

女神は肩に担いでいる寝袋——その紐に、手をかけた。

目にもとまらぬ速さで手刀を放つ女神。結び目が裂け、ほどけた。

ズル……ボフッ
卓上に何かが落ちる。落ちた際、黒い焦げカスが少し宙に舞った。

黒焦げの死体だった。

状態がひどい。かろうじて、元が人型であったとわかる。

あれでは男女の区別すらつくまい。当然、元が誰であったかなどわかるはずもない。

聖は表情一つ変えない。女神の方も、笑顔を維持したまま。

「女神様、これは？」

「気になります？」

「ええ」

「ニャンタンですよ」

「…………」

「最近、姿を見ていなかったでしょう？　こういうことでした」

「…………」

「残念ですよね……かわいそうに」

「なぜ彼女が？」

「何者かと通じていて、何かよろしくない動きをしていたようで。んー……意外と、ミラ辺りと繋がっていたのかもしれませんねぇ……あぁ、とても悲しい」

「そうでしたか」

「綺麗で、あんなに思いやりがあって……強くて優秀な子が。ぐすっ……世の中、本当に無情です。死は突然に」

「世の中とは確かに、そういうものなのかもしれません」

「…………」

「何か？」

「……不思議な人ですね、ヒジリさん」

「そうですか？」

「くすっ……黒焦げの死体がいきなり目の前に出てきたら、普通、もっと驚きませんか？　一応、あなたもご存じのニャンタンなのですよ？」

「〝普通〟とはなんでしょう？」

「んー？　いきなり、どうしました？」

「女神様の定義では、この死体を目にした時に驚いた反応をするのが〝普通〟のようです。ですが、内心驚いていても表情に出ない人間もいます。しかしあなたにとってそれは〝普通〟ではない。つまり、私はあなたにとって〝異常〟な人間。そしてそれこそが多様性と呼ばれるものです。人は多様性の生き物です。それが〝普通〟です」

「うーん……頭の悪い人ほど無駄に小難しい言い回しを好むのって、どこの世界でも共通なのでしょうか」

「かもしれません」

「ヒジリさん」

「はい」

「合格」

女神が、卓上の死体を払いのけた。卓から押し出された死体が床に転がる。

卓上の煤を払いながら、女神が言った。

「種明かしをしますと、あの黒焦げの死体——ニャンタンではありません。すでに処刑の決まっていた悪徳貴族の娘でした。ふふ、驚きました？」

「私も人間です。知り合いが生きていたのなら、安堵はします」

笑顔で眉尻を下げ〝ごめんね？〟のポーズをする女神。

「申し訳ありませんでした。実は、あなたを試したかったのです。ああ、でもニャンタンの最近の動きがちょっと気になっていたのは事実なのですよ？　あ、ちなみに最近姿が見えないのは、北の白狼騎士団のところへ派遣中だからです」

「……私に何か疑われるような点でも？」

「いえいえー……私の愛しいニャンタンを利用して、何か悪巧みをしている輩がいるのなら……いずれこの方法で、炙り出せるかと思って。ヒジリさんは、違ったみたいです」

「最近の彼女の行動は、怪しいのですか？」

「んー……いえ、私を裏切っている感じではないのですよねー。なんといいますか……何者かの口車に乗せられて、利用されている感じでしょうか？　ですので、ニャンタンを始末するのは少し違うわけです」

「彼女を利用している者がこの〝ニャンタンの死体〟を見たら、明らかに普通ではない反応を示す——そう踏んだのですね？」

「正解。そして、ヒジリさんの反応を見てあなたではないと確信しました。合格です。先ほど出したトノア水。あれに不用意に口をつけない用心深さも気に入りました。ヒジリさんは私と協力関係を築ける人物と、判断します。あなた……ヒジリ・タカオを——」

女神の表情は変わらない。しかしその笑みが——黒く、染まる。

「ヴィシスの徒に、任命したいと思います」

「……少し、考えさせてください」

「え？　あら？　拒否？　とても、悲しいです」

「ここで目を輝かせて即了承するヒジリ・タカオを、あなたも期待してはいないのでは？」

「——うふ」

女神の目に鋭い光が灯る。

「これは、ちょっと……ヒジリさん、私の期待を遥かに超える人材かもしれませんね。見込み違いではなかったようです。ともあれ……協力くらいは、してくださいますね？」

「つまり、あなたの望むように私が勇者たちをコントロールしろと？」

「まあ、素敵♪　ヒジリさん、私の言いたいことをすぐに理解してくださいます♪」

両手を合わせたまま、にっこり首を傾ける女神。

「どうでしょう？　ヒジリさんなら、と私は買っているのですが」

「そうですね。不可能ではないかと」

「期待通りの答え、ありがとうございます♪」

「妹の樹は言わずもがなですし、十河さんもご存じの通りです」

「籠絡済み、と♪　近頃、お二人はとても仲睦まじいみたいですからねぇ。小耳に挟んだところでは、頻繁に密会を重ねているとか。いえいえ、いいのですよー？　同性同士であっても、私はお二人の関係に口を出しません。どうぞ？　ご自由に♪　同性同士で、長続きするといいですね」

「言い方にネガティヴな含みがありますね」

「天然なのでごめんなさい。あの……そういう嫌な言い方、しないでくださいね？　怖いので。お願いします」

「……とにかく、今の彼女は私の言うことなら聞くはずです」

「素晴らしいですー」

「そして、今の薄色の勇者たちは十河さんの言うことに従います」

「あの、彼……キリハラさんはどうなのでしょう？　失礼ながら、思った以上に頭がおかしいと思います。本音を言うと、最近なんだか私も彼が怖くて……」

「私の見立てでは、彼の思想や欲望にはそれなりの法則性があります。やり方によっては、コントロールも不可能ではないかと」

「勝算はいかほど？」

「九割弱」

「本当ですかっ？」

「彼はあなたのように、周りを真摯に見ていません」

「あらあらまあまあ♪」

「つまり、そう注意深くはない。そういう人間は存外、操りやすいものです」

「和を乱す小山田さんも、終わりましたしね」

今の小山田翔吾の状態を女神は〝終わった〟と表現した。

「安智弘を私たちからこっそり遠ざけたのも、彼が和を乱すからですか？」

「んんー？　急にどうしました？　なんの話ですか？　大丈夫ですか？」

空気がピタッと停止。聖は緩慢に、睫毛を伏せた。

「――失礼しました。今のは余計な話でしたね。忘れてください」

「うふ、うふふ、ふふっ……こ、れ、で、す♪　これですよ♪　その敬意や自省心こそ、あなたにあって、他の勇者さんたちに欠けているものなのです。特に、ほら……ソゴウさんからは、敬意や自省心がさっぱり感じられなくて。あの……あなたの恋人の悪口みたいに聞こえたらごめんなさいね？　悪気はないので」

「……いえ」

「どうもソゴウさん、あの時……ええっと、名前が出ませんね……ほら、あの最下級の……無駄に捨て台詞を残していった哀れな――まあ、とっくの昔に死んだ勇者のことは置いておいて……アレを廃棄する際、なぜか私に逆らったでしょう？　あの反逆行為を、彼女は今も間違った行為と思ってないみたいで……まともな反省の弁が、いまだにないんです。多分、ご両親からしてああいった感じなのでしょうね……かわいそうに」

「ソゴウさんは、私がじっくり時間をかけて諭してみます」

「本当にお願いしますね？」

「努力します」

「ええっと、アサギさんたちは……まあ、S級が三人足並みを揃えるのが肝ですから。連絡がつき次第、合流できるよう取り計らいましょう。それとも……彼女たちは排除した方がいいですか？」

「いえ……戦場浅葱さんには人をまとめる力があります。S級三人が手が離せない時、まとめ役として活躍してくれるかと」

「では、排除しない方向で」

「――ところで、他にも尋ねたいことがありまして。あることで妹がいやに不安がって、私から改めて女神様に確認を取ってほしいと頼まれました。私は、そんなことの確認を改めて取る必要などないと言ったのですが」

　嘆息する聖。

「ところが、どうやら他の勇者も何人か似た不安を抱えているようでして。いえ、あの十河さんも不安がっているみたいなのです。正直、失礼な質問かと思います。不快になられたら、申し訳ありません」

「いえいえ、ヒジリさんと私の仲ではないですかー♪　怒ったりしませんから、どうぞ？　なんでしょう？　なんでしょうか？」

「自分たちは大魔帝を倒したら、本当に元の世界へ帰還させてもらえるのか？　と」

「え？　当然……そうしますけど？　急にどうしました？」

「――だと思っていましたので、私も〝それは無意味な質問で失礼ではないか〟と妹に言ったのです。ですが……こうして改めて確認を取ることで、彼らが納得し、大魔帝との決戦へ向けメンタルが安定するなら、と」

「なるほど、さすがはヒジリさんです。精神面のケアまで織り込んでいるのですね♪」

「側近級の上位三名を失った今、大魔帝との決戦の時も近いはずです。だからこそ勇者たちも、帰還の時が迫ってきたことで突発的な不安に駆られ始めたのでしょう。ともあれ、私としては大魔帝討伐に全力を尽くすつもりです。つもり、なのですが……」

聖の言いたいことを、女神は察したらしい。

「うふふ、ご安心ください。西の狂美帝の方は私がしっかり対処しますから。お任せください。私は、神なのですよ？」

「ありがとうございます。私たちは、大魔帝討伐に注力します」

コトッ、と。

女神が卓上に置いたのは、首飾り。

「大魔帝との決戦においてその心臓ごと消滅させた場合、その際に放出される膨大な邪王（じゃおう）素（そ）を取り込むための首飾りです。以前、説明しましたね？」

　召喚直後、女神は帰還方法について説明した。

『一つは邪王素の源である大魔帝の心臓を手に入れること。もう一つは、大魔帝が消滅する際に放出される邪王素をこの首飾りの水晶に取り込むことです』

　その際に登場したのが、この黒水晶の首飾りだった。

「根源なる邪悪が心臓部に宿す邪王素は特別であり、膨大です。私が近くにいて耐えられるものではありません。この首飾りを託すべき勇者を――ついに、見定めることができました。北の決戦の地へ向かう時……この首飾りをあなたに託します、ヒジリ・タカオ」

　首飾りに視線を落とす聖。

「光栄です、と言っておくべきなのでしょうね」

「ヒジリ・タカオ」

　目にも止まらぬ速さで、女神が卓上越しに詰め寄ってきた。気づけば聖の手に己の手を重ねている。無感動な黄金の瞳には、高雄（たかお）聖が映り込んでいた。

「この大魔帝との戦いは、今後のすべてを決する絶対に負けられない戦いです。あなたたちにとっても、私にとっても。ですので、決して――」

　にっこり、と笑顔を深める女神。

「裏切ったり、しないでくださいね？」

「私が女神様をですか？　裏切って、私にどんなメリットが？」

「裏切っても何も得をしないはずのミラの皇帝に裏切られ、私は心から傷つき、とても不快になりました」

「もし裏切ったら、どうなります？」

「大魔帝討伐の前か後かはわかりませんが、お見せしましょう」

「何をです？」

「狂美帝の、末路を」


聖は自室へ戻った。

前の世界にいた頃よりも広い自室。ちなみに最近になって知った事実だが、S級勇者の中ではどうやら最も豪奢な部屋らしい。

質の高い調度品に、寝心地の保証された天蓋付きのベッド。

個人用の湯浴み場まである。呼び鈴で人を呼べば、すぐに湯をはってもらえる。

今、ここに樹はいない。

聖一人である。

机の前に行って椅子を引く。右手側に机がくる位置に、座る。
聖はポケットから取り出したものを、机に置いた。
スマートフォン。
結局、出されたトノア水には手をつけなかった。
水差しから杯へ水を注ぎ、ひと口飲む。
それによって、波紋の消えた水面のように完全な落ち着きを得る。
髪をほどき、首を振る。指先で垂れた髪を軽く梳き、スマートフォンを操作。
減っているバッテリー。
が、実は今も使えること自体がおかしい。
聖以外の者のスマートフォンはもう充電切れで、使用不可。当然、充電もできない。
けれど聖だけは例外で、充電ができる。
固有スキル【ウインド】――【ウインド（サンダー）】
この能力で充電を行える――行えた。
スマートフォンの充電ができることは、まだ樹にも教えていない。
充電ができる原理は不明だ。わかっているのは、固有スキルの一環ということ。
聖は考える。
自分の固有スキル。

応用範囲が異様に広い。
S級ゆえか。聖の〝S〟は、他のS級とは何か違う性質を持つのか。
それは聖にもわからない。
案外、と思った。
他のS級二人の能力も、かなり自由に応用がきくのかもしれない。
また、高雄聖にはこのところ奇妙な感覚が備わっていた。
相手の声から、なんとなく嘘がわかる。
声の微細な揺らぎから、真偽を判断できる。
樹に協力してもらい何度も検証してみた。
確かに、声の〝揺らぎ〟で嘘がわかる感覚がある。
絶対ではない。嘘を感じ取るには、意識を研ぎ澄まし、集中しなくてはならない。
やはり固有スキル【ウインド】の影響と考えるべきであろう。
S級スキルは使用者自身になんらかの影響を及ぼす？
わからない。いずれ、もっとじっくり検証する必要がある。
聖は不意に〝風〟という言葉に引っかかりを覚えた。
閉架書庫の文献で読んだ知識を引っぱり出す。
〝はぐれ精霊〟や〝はずれ精霊〟と呼ばれる特殊精霊の存在。

噓を見抜く風のはぐれ精霊。名は、シルフィグゼア。
風精霊――噓を見抜く――風の固有スキル。
〝風〟という共通点。繫がっているのだろうか？
思考を目の前の目的へと引き戻す。耳にイヤホンをつけ――操作を開始。
操作を、さらに続ける。

『録音した音声を再生しますか？』――決定。
『ファイルを選択してください』――操作。
『このファイルを再生しますか？』――決定。

再生、開始。

『え？　当然……そうしますけど？』

リピート、

『え？　当然……そうしますけど？』

リピート、

『え？　当然……そうしますけど？』

リピート、リピート、リピート、リピート、リピート、リピート、リピート、リピート、リピート、リピート、リピート、リピート……、――

どのくらい、リピート再生を行っただろうか。
操作をやめ、イヤホンを外す。
右肘を机の縁に軽く置き、目を閉じたまま――沈黙。
静かな時間。
それからまた、長い時間が経った。
不純物である生活音は遮断し、意識の外へと追いやる。
とても――静かな時間。
どれほどの時間が経過したのか。
聖はようやく、目を開く。
恐ろしいほど静まり返った部屋の中。

疑念を確証へと昇華するための時間が、終わった。
そうして聖は、部屋に入ってから初めて声を発した。
「なるほど」
女神と交わした会話。
『自分たちは大魔帝を倒したら、本当に元の世界へ帰還させてもらえるのか？　と』
『え？　当然……そうしますけど？　急にどうしました？』
視線だけを流し、窓のカーテンを見やる。カーテンの隙間から陽光が漏れている。
宙を舞う微細なホコリが、その光でキラキラ輝いていた。
その嘘っぽい輝きを、聖は、無感動な瞳で眺める。
そしてひと言、呟（つぶや）いた。
「嘘つき」

◇【十河綾香】◇

十河綾香は、自室の書きもの机に肘をつき、頭を抱えていた。

『安心して。フリだけでいいし、なんだったら〝ここでするのは恥ずかしい〟とか、適当に理由をつけて断ってくれていいわ。そういう関係だ、と思わせるだけでいいの』

高雄聖の言葉。

初めてのキスとは、どれほどの価値があるのだろう？

思い出されるのは、この前の食堂での――

△

綾香はその日、食堂で朝食をとっていた。

同じ卓には周防カヤ子、二瓶幸孝、室田絵里衣がついている。

今のところ、聖が以前提案した勇者を各班に分ける案は上手くいっている。

綾香が提案し、こうして定期的に各班のリーダー同士で食卓を囲んでいた。

以前と比べて自分の朝食も賑やかになったものだ、と綾香は嬉しく思う。

と、盆を持った聖が――予定通り声をかけてきた。

「十河さん、隣いいかしら？」

（きた）

「あ、うん。ごめんなさい室田さん、スペースを少し開けてもらえる？」

「ん、いいけど……あ、高雄姉がイインチョの隣に……え？　あの噂、マジなん？」

着席した聖がテーブルにお盆を置く。

彼女は上品な仕草で髪をひと梳きし、室田に言った。

「噂というのは、私と十河さんのことかしら？」

「え！　いやー……まあ、そうなんだけどね？　ハハハ、まー噂は噂じゃん？　で……実際んとこ、どうなんすか？」

こんな質問をしたら、妹の樹が噛みついてくるのではないか？

質問した直後、室田は明らかにそれを警戒した様子できょろきょろとした。

しかし樹はというと、こちらへ背を向けて朝食をよそっていた。

聖に〝こっちに気づいていないふりをしろ〟と言われているのだろう。

（でも、実際は肩越しにチェックしているんじゃないかしら……ほら）

チラと綾香が確認すると、予想通りだった。

キラン、と目が猫のように光っている。

ともかく――そんなこんなで、綾香は朝食を取り終えた。

終えるまで、特に何もなかったかというと……そうでもなかった。

食事中、明らかに聖が綾香を意識していたからだ。

誰もが身体の向きや視線でそれを感じ取っていたはずである。

綾香は食事を口に運びながら顔を赤くしていた。

いや、わかってはいるのだ。すべて予定通りに運んでいる、と。

けれど相手があの高雄聖なのである。とにかく――魅力的なのだ。

あんな風に見つめられていたら、食事も素直に喉を通らない気がする。

二瓶などは完全に聖に見惚れていた。

どうにか誘惑（？）を振り払って食事を終えた綾香は、口もとを布で拭う。と、

「十河さん」

ほんの少し、綾香の方へ寄る聖。

「そこ……まだ、拭き残しがついてるわよ？」

「え？」

ぬくもりを帯びた滑らかな聖のてのひらが、綾香の頬に添えられた。

打ち合わせの風景が、急に綾香の頭に浮上。

『台本通りにやろうとすると、素直な十河さんだと不自然さが出るかもしれないわね。なら、こうしましょう。アドリブでいいから、適当に私に合わせて。大丈夫よ、私がリード

するから』

聖がさらに、身体を寄せてくる。顔が、近い。

（え、演技……アドリブっ……目的は、私と聖さんが〝そういう仲〟だとクラスのみんなに思い込ませることだから――）

綾香はほとんど無意識に、聖の方へ身を乗り出した。

「――――」

柔らかくて、薄い唇。

かすかにだが……聖の唇が、自分の唇を〝はんだ〟気がした。

唇を、重ねた？

重ねて――しまった。

互いに、見つめ合う。

（で、でもこれで……あ、れ？）

気のせいだろうか？　なぜか聖も、ほんの少し意外そうな顔で……

「！」

綾香はそこで気づく。理解、した。

そうか。そうだ。聖は多分〝口の端についた米粒をそのまま食べてあげる〟的なシーンを演出しようとしたのだ。拭き残しを口で取る仕草をしようとしたから〝はんだ〟のだ。

キスまでいかなくてもいいように。十河綾香を気遣って。なのに自分は——

（勢いに任せてしてしてしまった）

「……ま、マジか」

あんぐり口を開け、呆然自失レベルの顔をしている室田絵里衣。

「例の噂は、マジだった……」

▽

「はぁ……」

ため息が漏れる。

どうなのだろう？　あれは、ファーストキスに入るのだろうか？

（好きでない人となら、ノーカウント……？）

しかし、綾香は聖のことが嫌いではない。

以前は関わりが薄かったが、今ならはっきり好きだと言える。

（え？　好きってことは……つまり、やっぱりカウントされる？）

わけがわからなくなってきた。

再び頭を抱えていると、ドアがノックされた。

「十河さん、今いいかしら？」

「ひ、聖さん!?」

慌てて椅子を引き、立ち上がる。

よりにもよってなタイミングに綾香は狼狽(ろうばい)を隠せない。

どうにか自分を落ち着かせ、ドアを開けて出迎える。

……なぜかその前に一瞬、髪や服の状態を整えてしまった。

「ええっと、何か用かしら？」

ああ違う、と綾香は額に手を当てた。

「……聖さんは用があるから、こうして訪ねて来てるのよね。ごめんなさい……ちょっと考えごとをしていて。ボーっとしてたから」

「調子が悪いなら、改めましょうか？」

「いえ、大丈夫です……さ、入って」

綾香は、室内に聖を招き入れた。


「そういえば、ミラ帝国の話は聞いてる？」

「え？　ええ、ウルザに攻め込んだのよね？　でもミラの狂美帝(きょうびてい)は、どうしてそんな……」

「ともあれ……何か勝算があるんでしょうね。でなければ女神に逆らったりしないわ」

「そう、よね……だけど大魔帝の軍勢以外であの女神様より強い人なんて、私は想像がつかないかも」

綾香が言うと、聖はほんのわずか口もとを綻ばせた。

「案外、あなたがそうなるかもしれないわよ？」

「わ、私が？」

「可能性はゼロじゃないわ。いえ……」

視線を伏せる聖。

「やり方によっては、S級勇者なら女神を超えることができるのかもしれない……」

聖にはその〝やり方〟が見えているのだろうか？

綾香には、皆目見当もつかないが。

「といっても、例の〝人類最強〟が死んだ以上……そうね、他に候補がいるかしら？」

「狂美帝以外だと……第六騎兵隊長さん、とか？　あ、そうだ。あの人なら……蠅王ノ戦団のベルゼギアさんなら強さがまだ未知数だわ……そしてあの人は、呪術で魔帝第一誓アイングランツを倒した」

「……蠅王ノ戦団のベルゼギア、ね。けれど、どうかしら……」

「聖さん？」

「仮に、もしベルゼギアが……だとすれば……女神が、相手では……」

ほぼそれは独白めいた呟き(つぶや)で、小声のためすべて聞き取れなかった。

さらに聖はその続きを口にせず、思案顔のまま黙り込んだ。

「？」

「いえ、ごめんなさい。どうでもいい話だったわ……さ、十河さん。そろそろ、本題に移りましょうか。少し、大事な話があるの」

（大事な話……何かしら？）

綾香は緊張して、次の言葉を待った。

「この前、トラブルでキスをしてしまったわけだけれど……大丈夫かと思って」

「え？」

「もしあれがファーストキスだったとしたら、十河さんがショックを受けてるかもしれないと……樹(いつき)に言われてね。様子を見に来たのよ。あのことについては、ごめんなさい。私の説明不足だったわ」

「う、ううんっ……私は平気だからっ。そ、そもそもあれは私が変な解釈をしたのが悪いと思うし……というか聖さん——わざわざ、そんなことのために？」

「今後の関係を考えても、あなたがどうあれ、謝罪はしておくべきだと思ったの」

「そ、そっか……私のこと、気遣ってくれたのね。ありがとうございます」

椅子の上で綺麗に膝を揃え、ぺこり、と綾香は頭を下げた。

「本当に、大丈夫だった？」

「ちょっとびっくりはしたけど、ええ……大丈夫。わざわざ、ありがとう」

「なら、いいのだけれど」

「ふふ」

「？」

「あ、ごめんなさい。なんだか……聖さんのことが大好きな樹さんの気持ちが、ちょっとわかるなぁって」

「樹の？」

「私も聖さんみたいなお姉さんがいたら、すっかり頼っちゃいそうだもの」

「私だって、樹やあなたを頼っているわよ？」

くすっ、と綾香は微笑した。

「じゃあ、お互い様？」

聖は睫毛を伏せると、ほんのわずかに——微笑んだ。

「まあ、そういうことになるかしら」

3．四戦煌、第六騎兵隊

七煌が少し前に合議を行っていた部屋。

不死王ゼクトは、再び七煌に召集をかけた。

今、ゼクト王は定位置らしい奥の上座についている。

俺はその斜め前にいた。使いを出してもらい、今はセラスも来ている。

セラスは、俺の斜め後ろに控えていた。王が椅子を勧める。

「セラス殿、座っては？　そこの椅子はそちのために用意したものだ」

セラスがグラトラを一瞥。近衛隊長のグラトラも、立って王の斜め後ろに控えている。

視線を戻し、セラスは言った。

「いえ、今回は私もこの位置で。ただ、お心遣いには感謝いたします」

セラスがこの部屋に入って来た時、ゼクト王は『もう体調の方はよいのか、セラス殿？』

と声をかけた。どこまでも、細かな気の回る王様である。

その後、最初に入室してきたのはアーミアだった。

「おや、何事かと思えばベルゼギア殿がいる」

「あなたがゼクト王に話を通してくれたおかげで、スムーズに話の場を持つことができました。ありがとうございます、アーミア殿」

「うむ。ちゃんと礼が言えるのは、偉い」

アーミアは、ニョロリと俺の隣の席に座った。

椅子の作りや大きさが違っている。隣の椅子が、ラミア用らしい。

さて、ここまでは顔見知りである。

ほどなくして、アーミアに続き現れたのは竜人の女。

竜の頭部に尻尾。印象はリザードマンにやや近い。

白い軽鎧を着用し、鱗のある肌は赤褐色。瞳は深いグリーン。体格はそう大きくはない。

「ベルゼギアです。どうぞ、お見知りおきを」

俺が自己紹介すると、竜人は低い声音で、

「四戦煌、ココロニコ・ドラン」

そう最低限の名乗りをして、腕を組んで椅子に座った。無口なタイプなのかもしれない。

それから一分も経たぬうちに現れたのは、ケンタウロスの女。

クリーム色の波打つ髪。瞳は青い。

下半身は栗毛の馬で、上半身が人型。

特徴的なのは、その紫がかった青肌か。

額にタトゥーのような紋様。耳にはイヤリング。

彼女も軽装と言える。主に装備と言えるのは、黒い胸当てや手甲くらいか。

胸当てや手甲には金の彫りが刻まれている。

馬体の脇には長弓を下げていた。もう片側には、剣を下げている。

俺は、ココロニコの時と同じ自己紹介をした。

「ああ、あなたが噂の蝿王くんね？　初めまして。私は四戦煌のキィル・メイル。よろしく」

俺へウインクを飛ばし、キィルはココロニコの隣に位置取った。

椅子にはつかないらしい。ココロニコが含みのある視線でキィルを一瞥したが、特に声はかけなかった。さらに少ししてから、

「待たせた」

ぶっきらぼうな調子で入ってきたのは、豹人の男。

イヴと毛並みの色が違う——黒豹。

瞳は深紅。ここにいる誰よりも背が高い。そのせいで、出入口がやや小さく感じるほどである。また、手足も長い。特にその腕の長さは個性と言える。

そして腰の後ろで鞘に納まった二本の……あれは、刀だろうか。

鞘はベルトに結ばれていて、腰の後ろで〝×印〟型になっている。

しかし——長い刀である。

「ジオ・シャドウブレードだ」

大柄な豹人がそう名乗ったあと、

「あの……イエルマ・シャドウブレードです」

ひょっこりジオの後ろから顔を出したのは、女の豹人。

毛並みは同じく黒で、こちらの豹人はジオより頭一つ分小さい。

が、あくまでジオと比べた場合の話である。俺たちから見れば十分、背の高い部類だ。

ジオとの最大の違いは顔つきだろう。苛烈そうなジオとは対照的に、穏やかな顔つきである。

親指でイエルマを示すジオ。

「こいつが同席すると言って聞かなくてな……こうなるとこいつはテコでも動かない。ゼクト王、悪ぃがこの頑固な妻を同席させてやってくれねぇか？　遅れたのは、説得に手こずったからだ。失敗したがな」

ゼクト王が皆に問う。

「この場でイエルマの同席に反対の者は？」

反対者はなし。謝罪するイエルマ。

「陛下、皆さん……申し訳ありません。陛下たちはご存じかと思いますが、この人は頭に血がのぼりやすくて……万が一の時には、私が止める役をしなくてはならないと思い……その……一つ前の合議で、夫が、宰相様とやりあったと聞きましたので……」

今回はブレーキ役になるため同行した、ということらしい。

舌打ちするジオ。

「オレがつっかかったのは、あの蜘蛛女がオレたちを不要な存在みたいに言ったからだ。アラクネどもは頭こそ切れるかもしれねぇが、オレはどうも気に食わねぇ」

「――さて、あとはリィゼか」

ゼクト王がそう言ったのち、五分ほど沈黙の時間が続いた。

次に部屋へやって来たのは、ハーピーの兵士だった。

「も、申し訳ございません陛下っ」

「どうした？」

「リィゼ様が、取り掛かっている仕事が終わるまで顔を出すつもりはないと、そうおっしゃっておりまして……緊急の事態でもなく、さらには、今回の召集が得体の知れぬ傭兵の望みとあれば、なおさら優先する必要性を感じないと……」

ハーピーの顔が〝どうしたらよいでしょう？〟と王に助けを求める。

わかった、と王は言った。

ハーピー兵を下がらせたのち、王は「すまぬ」と謝罪した。

「合議は、宰相リィゼロッテ・オニクが来てから始める。しばし、お待ち願いたい」

「おまえは外から来た人間なんだってな、蝿王？」

沈黙の中、質問を投げてきたのはジオ・シャドウブレードだった。腕を組み、俺を見下ろしている。後ろに控えるセラスの気が張りつめたのがわかった。

「聞きたいことがある。スピード族という豹人族について、何か知ってることはねぇか？」

「――存じています」

「知っていることを、話せ」

「かしこまりました」

俺は、スピード族について話した。

〝身勝手に亜人を憎む人間に滅ぼされた〟

おおむね、そんな風に伝えた。

が、勇の剣や連中のした具体的な行為はぼかした。

スピード族とジオの部族がどんな関係であれ、知る必要はあるまい。

あとは、イヴから聞いたスピード族に関する情報を伝えた。

聞き終えたジオは――俯き、顔にてのひらを添えた。その肩が、震えている。

「……くく、くくくっ」

笑い出す黒豹。

「馬鹿どもが」

「…………」

「くくっ……伝え聞いていた頃から、まるで変わっちゃなかったか。人間なんぞ信じた挙句が、その結末か」

首を反らし、ジオは大笑いする。

「そらみろ！　言わんこっちゃない！　真性の……馬鹿どもが！　ふはは、ふははははは！　ハーハッハッハッハッハッハッ！　この――」

俺は、黙ってジオを見上げていた。ジオは、

「馬鹿どもがぁああッ！」

思いっきり、椅子を一つ蹴飛ばした。椅子が壁に激突する。

ジオは壁際に行き、俺たちに背を向けた。そして、拳を壁に激しく叩きつけた。

「馬鹿っ――どもっ、が……ッ！」

彼の声からは怒りと悲しみ、そして、後悔が伝わってくる。

「く、そっ……くそ、ったれめ……ッ！」

ジオに歩み寄るイエルマ。彼女は、ジオの背にそっと手を添えた。

イエルマは俺たちの方を向くと、悲しげに口を開いた。

「私たちの部族はこの国へ隠れる時……スピード族を誘っているのです。共に行かないか、

と……当時のシャドウブレード族は、もう人間の世界に見切りをつけていました。ですがスピード族は〝人間を信じてみたい〟と言って断ったといいます。いつか必ず、共に笑顔で生きていける日がくるはずだと……〝時間はかかっても、諦めずにそのための努力をすべきだ〟と言い、彼らは外の世界に残った――そう、伝えられています」

微苦笑し、ジオを見るイエルマ。

「この人はずっと葛藤していました。今からでも外の世界へ行ってスピード族を探し、無理矢理にでもここへ連れてくるべきなんじゃないか……って。でも、部族の者たちは、この人を引きとめました。いえ……私も引きとめました。もし外の世界へ行って、遙か昔に姿を消したシャドウブレード族だと知られれば……そこから、この国の場所まで知られるかもしれない。他の種族を危険に晒してしまうかもしれない……だからこの人も、歴代の族長も……踏みとどまったのです」

わかっていた。

最初に、笑い出した時も。一見、スピード族を嘲笑っているかのようであっても。

しっかり見て、聴けば、すぐにわかった。自らへの怒りと、強い悲しみが。

「……生きてるのか？」

憎悪にたぎった声で、ジオが聞く。

「スピード族を、殺したやつら」

「ご安心を――という表現は不適切かもしれませんが、ワタシが殺しました」

振り向くジオ。俺は、両手を前へ掲げる。

「全員まとめて、一人残らず、絶望の淵へ叩き落として、殺しました」

ジオは目を見開いた後、首を振った。湧き上がった感情を振り払うみたいに。

彼は一呼吸してから、さらに聞いた。

「……わからねぇな。なぜおまえがそこまでした？　おまえ、スピード族と何か関係があるのか？」

「ワタシは旅の途中、スピード族の生き残りと出会いました」

「！」

「名はイヴ・スピード。彼女はワタシにとって大切な仲間であり、友人です」

「一緒じゃないのか。そのイヴは、どうなった？」

「今はアナエル――エリカ・アナオロバエルのもとで暮らしています」

ジオに限らず、他の四戦煌も驚きの反応を示した。

「生き残りが……いるのか」

俺は、イヴが仲間になるまでの経緯をかいつまんで話した。

「……そうか。おまえはスピード族の者を、救ってくれたのか。そして今は、アナエル様のところで……そう、か……ッ」

ジオが拳を握りしめた。とても、力強く。

勢いよく俺に向き直り、ジオは、両手で俺の手を取った。

「礼を言う。礼を、言わせてくれ――蠅王」

頭を垂れ、彼はそう感謝の意を述べた。

「礼を言われて悪い気はしませんが、礼には及びませんよ。誰に感謝されずとも、ワタシは勇の剣を生かしておくつもりはなかった。たとえイヴに頼まれずとも、ワタシは――勇の剣を、皆殺しにするつもりでした」

ニャキの件で。

ジオが、顔を上げる。彼はしばらく俺をジッと見つめた。そして、

「蠅王」

と言って、俺の隣に立つ。

「オレの力が必要な時があれば遠慮なく言え。無条件で力を貸す。必要なら、シャドウブレード族全体として力を貸そう」

「ありがとうございます」

「それと……できればいつか、イヴに会ってみたい」

「叶えられるよう、ワタシもお手伝いいたしましょう」

イエルマがジオに寄り添い「アナタ……」と腕に手を添えた。

「スピード族は悲しい結末だったけれど……ほんの少しだけ、救われたわね」

「ああ。いい結果とは絶対に言えねぇが……一筋の希望が残った気分だ。いや、あれから長い時間が経ってる……他にも、外の世界にはスピード族の生き残りがいるのかもしれねぇ……」

ジオは、妻と並んで元の位置に戻った。

アーミアは、うむうむ、と頷いている。ココロニコは、腕を組んだままジッと座していた。グラトラは、観察でもするみたいに俺を見ている。

パカララ……と、蹄の小さな音が近づいてきた。

俺の隣に位置取ったのは、ケンタウロスのキィル・メイル。

「どーも、蠅王くん」

「どうも」

「あの蠅王の面なんか被ってるのに、あなたって……クスッ、善人なの？」

「どうでしょうか。ただ……他人から邪悪と罵られても、否定するつもりはありませんが」

うふ、と丸い肩を軽く上げるキィル。

「でも、あなたってすごいのね？　私たち四戦煌の中でも最強と名高いあのジオくんを、あっという間に味方にしちゃうなんて」

「そうですね……確かにジオ殿は、心強い味方かもしれません」

俺は出入り口の方を見る。両開きのドアは、開け放ったままになっている。

「女神の勢力と戦うことになれば、ですが」

「蝿王くんは、戦いたい方の人？」

「ええ」

「ふぅん。あなたの気持ちはまあ、わかったけど」

そこで一度言葉を切り、キィルもドアの方を見た。気配が、近づいてくる。

「あの子は手ごわいわよ？　しゃべり方や見た目に、騙されないことね」

忠告めいてキィルがそう言った直後、

「待たせたわね」

出入り口に現れたのは一人の少女……少女に、見える。

どちらかと言えば小柄な方か。

青い髪。蜘蛛の足みたいな細いツインテール。リボン。

エメラルドの瞳。蜘蛛の下半身に――上半身が人型。糸を吐くのであろう臀部にあたる部位が〝こぶ〟のように大きい。

居丈高な態度で、少女が口を開いた。

「アタシが宰相のリィゼロッテ・オニクよ。オニク族の族長でもあるんだけどね。あーっとねぇ、呼び方はリィゼでも許してあげる。で……？」

リィゼの目が威圧的に俺を捉え、続けた。

「アンタが、噂の蝿王か」

最後の待ち人。

アラクネの宰相が、ようやく姿を現した。

八本の脚をワシワシと動かし、リィゼが俺の方に近づいてくる。

下から見下ろす感じにリィゼは俺を睨めつけ、指差した。

「聞いたわ。アンタの希望で、この召集がかかったんですってね？　何？　七煌全員を集める必要があるほどの話？　リィゼの貴重な時間を奪う価値のある話なのかしら？」

「おい、蜘蛛ガキ」

低い声が割り込んだ。リィゼが俺から視線を外し、不快げにジオを見る。

「なぁにジオ？　文句ある？　あとリィゼ、ガキじゃないから。子ども扱いはやめてって普段から言ってるわよね？　もう二十年以上生きてるし、そこまで子どもっぽくないわ」

外見的には、まあ〝幼女〟とまではいくまい。

「胸だって子どもの大きさじゃないし？　アーミアより、キィルより、ココロニコよりも大きいわけだし？　ああもう――ジオはいつも、鬱陶しいっ」

シッシッ、と心から鬱陶しそうに追い払う仕草をするリィゼ。舌打ちするジオ。

「宰相殿の礼儀知らずは今に始まったことじゃねぇがよ……ベルゼギアに対してあんまり無礼が過ぎると、オレが黙っちゃいねぇぞ」

「今だって、黙るどころか無駄に吠えてるくせにね？」

「この、ガキっ――」

「そろそろ席についてくれぬかリィゼ。話したいことがあるにしても、まずは席についてからであろう」

割って入ったのは、ゼクト王。ちなみにジオの腰にはイエルマがしがみついていた。

このまま手が出ると思って、夫を止めに入ったのだろう。

「……ふん。ま、いいけど」

窘められたリィゼは鼻を鳴らし、椅子に腰掛ける。

他の者もそれに続き、自分の席へついていく。

ちなみにセラスは何度も迷う気配を出していた。

ここで自分が何か言うべきか。

ここで自分が何か動くべきか。

それを迷っていたらしい。が、その気配のたびに俺はさりげなくストップをかけていた。

なので、結局セラスは今までずっと黙って控えていた。

「ほいさ」

軽やかにそう言って、ポンッと椅子に座るリィゼ。

彼女の椅子は座る部分が広めに作ってある。アラクネ用なのだろう。

リィゼの席は卓を挟んで、俺の席と差し向かいの位置。

彼女は左右に揺れながら、挑戦的な笑みを浮かべている。

なんというか、悪知恵のついた子どものような雰囲気もある。

が、一方でキィルの忠告もよくわかる。決して観察眼はぬるいものじゃない。

俺を見定めようと、その瞳には常時鋭さが宿っている。

なるほど。口調や見た目に騙されないように、か。

俺と七煌が席についたのを見て、ゼクト王が言った。

「改めて集ってもらったのは、ここへ攻め入ってくるという女神の勢力に対する方針を再度話し合うためだ」

リィゼが頭の後ろで腕を組み、王をジト目で睨み据える。

「明日の多数決によって最終方針を決定する……さっきの合議で、そう決まったわよね？　話し合いも、もう十分煮詰めたと思うけど？　新しい要素があるとすれば……」

リィゼの目が、セラス、俺、と順々に捉える。

「そこの二人だけど……まさか、その二人も多数決に入れるなんて言わないわよね？　ねぇゼクト、二人はここの住人になるの？」

「いや」

「つまり、部外者ってことね？　なら、投票権なんて絶対に認められない。アタシも認めない。で……だったら一体、そこの二人を加えて何を改めて話し合おうっていうの？」

俺は、直接会って七煌を知っておきたかった。特に、このアラクネの宰相を。

ただまあ、場を設けてもらった理由は必要だろう。

助け船を欲しがるように王が俺を見る。俺は、軽く挙手した。

「発言しても？」

「うむ」

「では、改めて簡潔に自己紹介いたしましょう。ワタシは蠅王ノ戦団という傭兵団の団長をしています、ベルゼギアと申します」

皆、こちらを見ている。

「このたびはまず、集まってくださりありがとうございます。集まっていただいたのは、ここへ向かっている女神の勢力との戦いに、我々が力を貸すことをお伝えし……そして、共に対策を練りたいと思ったためです」

リィゼが眉間に皺を刻んだ。不快感を露わにしている。

「アンタ、何言ってんの……？」

最初の合議の前、王にいくらか女神の勢力の情報は伝えてある。

なので、それらの情報はリィゼにも伝わっていると考えていいだろう。

「ご存じとは思いますが、ここへ攻め込んでくる女神の勢力は非常に敵対的である可能性が高い。加えて、とても強く、戦闘面においても危険な相手であると考えられます。ゆえに、迎撃するにあたっては共に知恵を出し合うべきと——ワタシは、そう考えます」

自分の胸に手を添え、俺は続ける。

「ワタシは外の世界から来ました。そして、皆さまは長年この国に籠っていると聞いています。そこで……内と外の世界の間で開いてしまった情報格差を埋め合わせるお手伝いも、できましたらと」

まあ実際、外の世界に詳しいのは俺よりもセラスだが。この点は彼女へ〝補佐を頼む〟と事前に伝えてある。俺の回答なり説明なりを、適度に補完してくれるはずだ。と、

「本気で——」

リィゼが卓に両手をつき、腰を浮かせた。

「アンタ、何言ってんの？」

「何か、気に障った点が？」

「当然でしょ？　なぜならアンタは前提から間違ってる。アンタ……何、アタシたちが戦

う前提で考えてるわけ？　馬鹿なの？」

俺を睨むリィゼの目。攻撃的を通り越して、軽蔑的ですらある。

「戦うなんて、ありえないわ」

「つまり？」

「話し合いによる交渉で、解決すべきよ」

「正直、今回の相手に話し合いが通じるとは思えません」

「野蛮人」

罵倒気味にそう口にし、リィゼが身を乗り出す。

「ねぇアンタ、なぜ話し合いが通じない相手と決めてかかれるわけ？」

凄(すご)みすら感じさせる目つきで、リィゼは続ける。

「アンタの曖昧な個人感覚や印象で決めてない？　話し合いが通じない相手？　そんなの――やってみなくちゃ、わからないんじゃない？　野蛮人には理解できないかもしれないけど、血を流して戦うことだけが解決方法じゃないわ。暴力で解決するやり方しか知らないなんて、それはただの野蛮人でしかない」

〝やってみなくちゃわからない〟

いい言葉だ。心に響く言葉である。

最初から、諦めていてはいけない。

やらないで後悔するより、やって後悔する方がいい。

が、それらは常に――正しい解なのだろうか？

やってみた結果。

取り返しのつかない事態に陥る可能性だって、なくはない。

やったことで手遅れになる可能性だって、なくはないのだ。

〝やってみなくちゃわからない〟

いい言葉だ――が、同時に危険な言葉でもある。

「アライオン十三騎兵隊、だっけ？　アンタはその十三騎兵隊に直に触れて、そいつらを熟知してるの？　ごろつきや罪人が多いみたいな話も聞いたわ。けど、その情報は信用できるの？――あ、嘘はつかないでね？　もし後で嘘だったとわかったら、絶対に許さない……その時、責任はクロサガに取ってもらうから」

……クロサガを持ち出してきたか。

俺がクロサガ目的でここへ来たことは、知ってるわけだ。

「その上で改めて聞くわ。その十三騎兵隊とやらについて、アンタは伝聞以外で何を知ってる？」

「いえ、すべての情報は伝聞です」

「――アンタは？」

すかさずセラスを睨め上げるリィゼ。そっちにも、しっかり釘を刺しにきた。

「私も……直接会ったり、目にしたことはありません。あくまで、すべて伝聞による情報のみです。ですが、しかし――」

切実に訴える仕草で、セラスは言う。

「話し合いによる平和的解決が通用する相手とは、私にはとても思えないのです」

「勘違いしないで。アンタがどう思うかは、どうでもいい」

セラスの訴えを、あっさり切って捨てるリィゼ。

「どんなに切々と訴えたところで、それってアンタの印象でしかないわよね？　仮にアンタがどんな境遇のエルフだろうと関係ない。アタシたちの間に信頼関係がない以上、証拠がすべてなの。説得したいなら、証拠を出して」

リィゼの論理に穴らしい穴はない。言っていることは、筋が通っている。

「ワタシたちの経験則では、説得材料にならないと？」

ならないだろう。この宰相相手なら、特に。

「ならないわね――完全に、ならない」

答えは、予想通り。

「ですが、この国への女神の執着心はご存じでしょう？」

「女神が執着しているのは、クロサガにでしょ？」

「――――」

　このアラクネ、それも知ってるわけか。

　ヴィシスが最果ての国探しに躍起になっている理由を。

　ため息をつくリィゼ。

「この手札はあんまり切りたくなかったけど……この際、仕方ないわ。でも……これはアンタのせいよ、ベルゼギア」

　他の七煌（しちこう）の反応。あの反応の感じは……。

　ヴィシスのクロサガへの執着心を知っていたのは、ゼクト王。

　薄々勘付いていたのは、ジオとキィル。

　知らなかったのは残る三名……って感じか。

「でも、安心して。たとえ女神の狙いがクロサガでも、アタシはクロサガを差し出してことをおさめようなんて真似（まね）は、絶対にしない」

「…………」

「クロサガにも温情をもらえるよう、このアタシが女神と交渉するわ。アタシが変えてみせる――女神の考えすらも。オニクの血を継ぐこのリィゼロッテ・オニクになら、やれる。やってみせる」

　今回、俺はムニンの頼みで協力を申し出た。

が、そのことは明かしていない。

明かしてしまうと〝ムニンは戦うべきと考えている〟と受け取られてしまう。

それを明かさなかったのは正解だったかもしれない。

明かせば、ムニンへ対するリィゼの心証を悪くしかねない。

ひいては、クロサガの心証までも悪くなる。と、

「でもねぇ、リィゼくん？」

口を挟んだのはキィル。

「私たちは元々、人間たちに追われてここへ逃げ込んだのよ？　話し合いによる平和的な解決が無理だとわかったから、当時の亜人や魔物はこの国へ逃げ込んだんじゃない？」

「時間で考え方や感覚は変わるものよ。なら、人間だって当時とは違うかもしれないでしょ？　むしろ、女神や人間が今も当時と同じ考えだと決めつける方が、アタシには未来の可能性を狭めているように思える。アンタたちは考え方が後ろ向きなのよ、あまりにも」

対話を諦めない。暴力に頼らず、真摯に訴え続けるのが大事。

正論だ。あまりにも、正論。どうしようもなく――正論。

ダンッ！と卓を叩く音。

ちなみに、驚く反応したのはアーミアだけだった。

アーミアはビクッと身を引き「うぉお……」と声を出した。

……フェイスベールも相まって、見た目だけはクールキャラっぽいんだが。

で——卓を叩いて腰を浮かせたのは、ジオ・シャドウブレードだった。

「人間どもにはオレたちの同胞だった豹人族が殺されてる。しかもやったやつらは、女神の手先だったって話だ」

ジオが、卓に両手をついて言った。背が高いため、軽く前傾姿勢のようになっている。

「そして、そこの蝿王は直接そのスピード族を殺したやつらに会って殺してる。聞けば、旅の仲間にスピード族がいたらしい。で、仲間であるそのスピード族の生き残りの復讐を代わりに果たしてくれたってわけだ。つまり、何が言いたいかっていうとだな……どう考えても邪悪だろうが、その女神の身内連中ってのは」

リィゼの目がキラリと光った。……勇の剣の話は、これからするつもりだったが。

今ので一枚、手札を失ったかもしれない。

「勇の剣……だったかしら？　そこの蝿がそいつらを倒したって話はゼクトから聞いてたけど……、——ねぇ、アンタさ？」

真偽を、見逃すまいと。リィゼの瞳が俺を真っ直ぐ見据え、聞く。

「そいつらと、和解しようとした？　そいつらは微塵も、アンタに歩み寄る姿勢を見せなかった？」

「勇の剣はすでに人として壊れていました。ですので、交渉の余地はありませんでした」

するつもりも、なかったが。

ジオを一瞥するリィゼ。

「さっきジオ……復讐、って言ったわよね？」

「言ったが、それがどうした」

苛烈に卓を叩くリィゼ。

「復讐ってことは――つまり、はなから歩み寄るつもりなんてなかったってことでしょ!?」

そうだ。論理としては、そうなってしまう。

「自分に都合が悪いからアンタが隠してるだけで、むしろ、彼ら側はアンタに歩み寄ろうとしたのかもしれない！　アンタ、まさか嘘ついてないでしょうね!?……、――いえ、今わかった」

リィゼの目は義憤に燃えている。

「アンタ、何か理由があって……女神が憎いんでしょ？」

「………」

「ここへ向かっているのは女神の勢力……で、アンタは女神が憎い。そして、アンタはその憎い女神の勢力を叩くためにこの国の戦力を利用したい……違う？　わざと女神側の心証が悪くなるような嘘ばかり並べ立てて――口車に乗せて、アタシたちを利用するつもりなんでしょ!?」

再び卓を叩き、詰問するリィゼ。

「違う!?」

確かに――賢い。

頭も回るし、弁も立つ。しかも今の指摘は半分事実である。

十三騎兵隊を潰すために、俺がこの国の戦力をあてにしているのは確かなのだ。

リィゼが、さらに語勢を強くする。

「でも、誰だって戦いで傷つきたくなんてない！　死にたくなんかない！　いい!?　もう血を流す戦いで解決する時代じゃないの！　この国だってそう！　戦いを避けたからこうして生き残ってこられた！　特にアタシが宰相になってからは、暴力による争いなんて許さなかったわ！　すべて、話し合いで解決してきたんだから！」

これは、厄介と言える。

おそらくリィゼには成功体験しかない。今の地位についてから、ずっと。

彼女は目の前の揉め事を非暴力で解決してきた。

解決できた。できてしまったのだ――この国の者たち相手なら。ゆえに、できるとしか思えない。

リィゼが、半眼でジオを見据える。

「だからアタシは、四戦煌とその兵団の解体を提案してる。過剰な戦力は、相手に無用な警戒心を与えるだけよ。規模はグラトラの近衛隊くらいでいい。四戦煌は……もう、危険な戦いに備えなくていいのよ。ねぇ、戦いで仲間が死ぬのなんか嫌だと思ってるのは……アタシだけ？」

「価値観の相違だな」

ジオが反発気味に言い、責める調子でさらに言い募る。

「おめでたい女だ、おまえは」

「戦いで無意味に血を流した結果、平和的解決の糸口すら永遠に失ってしまう……そういうこと、アンタ考えたことある？　どうしてアンタにはそういう方向の想像力がないの？」

「今回の件に関しては、平和的交渉なんてのは非現実的としか思えねぇ」

「さっき言った通り、この国では、揉め事はいつも平和的に解決してきた。アタシが宰相になってからは特に。それが――〝現実〟よ」

「……すべてじゃねぇだろ」

「だから、前から言ってるでしょ？　特殊な事例の対応には、最低限の組織さえあればいい。近衛隊くらいの規模でいいの」

そうか。少し前に、ジオが言っていたこと。

自分たちが不要かのようなリィゼの発言に腹が立った。

戦力の――兵団の解体を、リィゼが口にしたのだ。

「それは――」

「そもそも！」

リィゼが言葉を遮り、またも卓を叩く。

「戦力を持ってたからじゃないの!?」

ジオが睨み返す。が、内心は劣勢を感じているようだ。

「……何の話だ」

「かつての亜人や魔物が、人間たちを脅かす〝戦力〟と見なされたからこそ……女神や人間は、アタシたちを〝脅威〟と見なしたんじゃないの!?」

ジオは、そこで言葉に詰まった。

「アタシたちが〝戦力〟を持たないと示せれば、人間たちはアタシたちを〝脅威〟とはみなさないんじゃない？　相手の立場に立って考えてみて？　最初から相手を警戒して武装しているようなやつらに、アタシたちは心を許せる？　ねぇ？　違う？　アタシ、何か間違ったこと言ってる!?」

「そい、つは――、……」

ジオは、二の句が継げない。

「ねぇ、アンタはそんなに人間を悪性のかたまりだとしか思えないの!?　彼ら人間の善性を信じてみようとは、思えない!?」

他の七煌を一度、ぐるりと見渡すリィゼ。

「アタシならできる……オニク族の誇りにかけて、一人の死者どころか一滴の血すら流さず、平和的に解決してみせる！　だからお願い、みんな！　このアタシを……リィゼロッテ・オニクを、信じて」

「………………」

理想論だ。

俺には理想論にしか聞こえない。どうしようもなく。

だがしかし、この国ではその〝理想論〟がまかり通り続けた。

ゆえにリィゼロッテ・オニクは信じている。

善性を。

……いや、善性は確かに存在する。

けれどそれは、すべての者に宿る資質ではない。俺の理解ではそうだ。

しかしそれでも、リィゼは信じている。どんな者にも、善性は宿ると。

これは確かに……厄介だ。

善性（理想）を信じるがゆえに――悪性（現実）に、呑（の）み込まれる。

リィゼが唱える話し合いによる平和的解決案。

女神側の危険性を俺がここで証明できない以上、リィゼの説得は難しい。

仮に俺が異界の勇者だとここで明かしても。廃棄遺跡へ落とされた経緯を、明かしたとしても——リィゼには関係のないことだ。

なぜなら彼女にとって、それは〝人間と女神〟の話でしかない。

自分たち〝亜人&魔物と女神〟の話ではないのだ。

別種族の話としてしか、彼女の耳には聞こえない。

リィゼの中では〝三森灯河は女神との交渉に失敗した〟とだけ認識される。

そして〝自分なら女神とだって上手く交渉できる〟となる。

リィゼにとっては、そうなる。

勇の剣がニャキにしたことを話してもおそらく同じだろう。

リィゼは、説得できると思っている。

勇の剣の持つ思想すら、自分なら変えられると思う。

要するに——リィゼは、聞く耳を持たない。

どこまでも自分の能力……万能感を、信じている。

さて……ここから、どうすればいいか。

思考を——走らせる。

「…………………」

やれるか？　否……やるしか、あるまい。

「わかりました」

と、俺は言った。皆の視線がこちらへ注がれる。

やってみなくちゃわからない。一理ある。

「ワタシとしては、貴重なお時間をいただき、こうして自分の意見を皆さまに伝えることができました。宰相殿のお考えも理解しましたし、ワタシと認識の相違があることも理解いたしました。あとは、明日の多数決……七煌の皆さまのご判断に、お任せしようかと存じます」

「アタシは、この場で今すぐ決を取ってもいいけど」

いや、とゼクト王が手を上げる。

「今は少々場が熱くなりすぎておる……皆、一旦熱を冷まして考える時間も必要であろう。ゆえに、やはり決を取るのは明日とする」

不服そうながらも、了承するリィゼ。

「……ま、いいけど」

ゼクト王が立ち上がった。

「では……明日の正午前、再びこの部屋へ集まることとする。皆、ご苦労であった」

真っ先に退室したのは、リィゼだった。彼女とは、去り際に少し会話を交わした。

『アンタ、人間みたいだけど……顔に目立つ傷や火傷(やけど)でもあるの？』

『このマスクをしている理由ですか？　まあ、人間の姿でそこいらを出歩くと悪い意味で目立つでしょうから』

でしょうね、とリィゼは侮蔑的に言った。

『つまりアンタは、この国の者たちを信じられないのよね？　だから、人間であることを隠してる』

『…………』

『アタシもアナエルの過去の功績は認めてる。でも、アンタみたいなのを送り出したアナエルには――正直、失望した。もう古い価値観の染みついた過去の人物ね、彼女も』

そう言い捨てて、リィゼは退室した。

続き、労(ねぎら)いの言葉を残してゼクト王が退室。グラトラがそれに続いた。

王とグラトラが消えたところで、セラスが謝罪してきた。

「申し訳ありません、ベルゼギア様。先ほどはつい……」

「ああ、わかってる」

リィゼのエリカへの言葉に、思うところがあったらしい。

会話中、セラスは何か反論しようとした。が、やはりそれも俺が押しとどめた。

「それに、今のエリカを知らないヤツに何を言っても無駄だ。エリカのすごさは俺たちが知ってる。今は、それで十分だ」

「はい。すみません……恥じ入るばかりです」

先走りかけた恥ずかしさと自責で、小さくなるセラス。

「俺も気持ちはわかるさ。それよりセラス、これからおまえに働いてもらいたい」

「かしこまりました。我が主のいいように、働きましょう」

「けっこう疲れるかもしれないぞ？」

「これでもネーアの元聖騎士団長です。体力はあるつもりですよ？」

「心強い言葉だ」

一方、場は解散ムードになっていた。俺は、室内の者に声をかけた。

「四戦煌の皆さまに一つ、お願いがございます」

彼らが動きを止めて俺を見た。キィルが中指を下唇に添え、艶っぽく微笑んだ。

「ん？　なぁに？　まさか、戦う方に投票してほしいってお願いかしら？　まあ、お願いするのは自由だけど……私たちは、自分の意思で票を投じるだけよ？」

ジオが低い声で続く。

「ま……そうだな。オレはもう決まっちゃいるが、そいつを明かすのは明日だ。もうこれ以上、長話は必要ねぇだろ」

「そんなわけで、今ジオくんが言った通りよ。この場では誰も、蠅王(はえおう)くんと何も約束はしないと思うわ」

「いえ、そういう話ではありません。そしてこれは、あくまでワタシからのお願いです。強制ではありませんので……」

ジオが腕を組む。

「なんだ？」

「我が戦団の誇る副長であるこのセラス・アシュレインと、一つ手合せを願いたいのです。特に……ジオ殿と」

キィルが不思議そうに聞く。

「お手合せ？　蠅王くんには、どんな狙いが？」

「単純に興味、でしょうか」

表向きは。

「戦闘能力、指揮能力において、彼女は我が戦団随一の騎士です。そして、ジオ殿は四戦煌最強と聞いております。強き者と戦うことはセラスにとって貴重な成長の糧となりましょう。もちろん、ジオ殿のお時間やお気持ちが許せばの話ですが……」

「ふーん……随一、ねぇ？」

ジオがセラスの前に立ち、品定めするように見下ろす。

それから彼は——フッ、と笑んだ。

「面白ぇ。やろうか」


ジオに連れられて俺たちが足を踏み入れたのは、城内の練兵場。

練兵場は屋外にあって、周りは石の壁に囲まれていた。

壁には何度も補修された跡が見られる。砂粒を薄ら被った床からも年季がうかがえた。

百人くらいはまあ、余裕をもって練兵できる広さだろう。

ジオが武器の詰め込まれた箱を運んでくる。

乱暴に箱を置くと、中の武器がぶつかり合い、連鎖的に硬質な音が鳴った。

「武器はけっこうな種類を揃えてる。使う武器は、怪我をしないように刃引きをしたもんでいいな？」

この場には四戦煌が勢ぞろいしていた。全員、この手合せに興味があるらしい。

「むむ、なんだ？　これではまるで、四戦煌全員が女神の勢力と戦うのにすっかり乗り気みたいではないか」

アーミアが言った。

「誰も、乗り気とは言っておらん」

無口なココロニコが、不満そうにアーミアを睨む。

「それに、某は手合せするとは言っていない。あんな細身のエルフの剣士がジオと張り合えるとは思えぬが……一応、気にはなった。それだけゆえ」

「素直ではないよなぁ、ニコ殿は」

「黙れラミア。前から言っておるが、某は貴様のその軽薄さが未だに好きになれぬ」

むみぃーん、と糸のような目になるアーミア。

「私としては、軽薄なつもりなどないのだがなぁ……」

キィルが槍を弄びながら、

「そりゃあ四戦煌いちの堅物であるニコから見たら、あなたなんて四戦煌いちの軽薄者になるわよ、アーミアくん」

「ほざきおる。一番の軽薄者は貴様だ、キィル」

「うそん」

面白いショック顔になったキィルの手もとから、槍が滑り落ちる。

四戦煌同士の仲は……まあ、悪くなさそうだな。

といって、過度に馴れ合っている感じはない。

互いに適度な距離は取っている印象。

全員が興味を持ってついてきてくれたのは幸運だった。

四戦煌同士の関係性なんかも、できれば摑んでおきたかったからだ。

「あいつらあんな感じだが、あれで三人ともけっこう強ぇんだぜ？」

言って、ジオは両手に太刀を持つ。彼は、片方の刀の背で肩を二度叩いた。

「で、そっちの準備は？」

「――はい、できました」

対するセラスが手にしているのは一本の長剣。

すでに構えを取っている。へぇ、と目を丸くするジオ。

「……こいつは驚いた。あんた、やるな」

構えただけでセラスの強さを感じ取ったらしい。

――そう言うジオも、相当やる。

こちらも構えを取ったジオが、

「開始の合図はどうする？」

腰の左右に手をやって、胸を張るアーミア。

「頼りになる私がやろうっ」

「頼んだ、ニコ」

「よかろう」

空回りしたアーミアがニョルン！と、ずっこける（？）。

「おい!?　なんだそれは!?　ひどいぞ!?　ひどいじゃないか……っ！」

「………」

とにもかくにも――

「始め」

ココロニコのその一声で、手合せが始まった。


先ほど、セラスとジオの手合せが終わった。

すると、どうやら今の手合せで強い関心を引いたらしい。

残る三人もセラスと手合せをしてみたいと願い出てきた。

今は、アーミアとセラスが戦っている。

まだ息の整っていないジオが俺の方へ近寄ってきた。

「なんだ、ありゃあ」

背後で戦うセラスを振り返ったジオの第一声は、それだった。

「構えた時点でただ者じゃないのは理解できたが……ちっとばかし、強さの格が異質過ぎるぜ。セラス・アシュレイン……とか言ったな？　外の世界じゃかなり名の知れた剣士なのか？　正直、あんなのが外の世界にごろごろいるとなると……」

「あれほどの剣士はそうはいないようですよ。例の血闘場で最強と言われたイヴ・スピードも、セラスの戦才はずば抜けていると評していました」

ふぅー、と大きく安堵の息を吐き出すジオ。

「でなきゃ困る……つまりあのエルフは、外の世界でも特別強ぇってことでいいんだな？」

「そうなりますね」

ま、外にはシビトみたいなのもいたわけだが。……十河みたいなのもいる。

と、ジーッとジオが俺を見つめているのに気づく。

「おまえも……実は武器を持つとあのエルフより強かったりするのか？」

「いいえ、武器を使った近接戦闘だとワタシは彼女にとても敵いません。というより、ワタシが彼女から剣の指導を受けているくらいですので」

「おまえは別のところで才があるってことか。ま……戦闘能力だけ高くても、国は回らねぇしな」

チッ、と舌打ちするジオ。

「わかっちゃいるんだ……この国を回し、支えてきた最大の功労者がアラクネどもだってことはな。あいつらがいなけりゃ、この国はここまで存続できなかった」

まるで心のモヤモヤに苛立つように、ジオは片手で後頭部の辺りを掻く。

「わかっちゃいるんだ、オレも」

「しかし、そのリィゼ殿の考えにあなたは反対のようですね」

「あいつの言ってることは、オレにはやっぱり綺麗事にしか聞こえねぇ」

後頭部を掻くジオの手が止まる。

「なあ、蝿王」

「はい」

「〝理想〟って言葉は……元々、現実の本質が厳しいからこそ生まれちまった言葉なんじゃねぇのか？」

それは——考えたことは、なかったが。

改めて言われてみると、なかなか面白い発想に思えた。

「ワタシは、理想を持つこと自体を悪いことだとは思いません。ですが理想とは、現実へ落とし込むことができて初めて意味を持つものと考えます。非現実的な理想論は無価値でしかない。それに従うと、今回のことに対してリィゼ殿の抱く理想は……現実へ落とし込むには、いささか非現実的と言わざるをえません。もちろん彼女の望む証拠を提示できない以上、これもワタシの個人的な見方だと切って捨てられれば……やはり、それまでなのですが」

それでもやはり、時には理想を脇へと追いやって。

目の前の現実に対し〝現実的〟に、対処しなくてはならないのだろう。

……とか、まあ。

小難しい理屈を脳内でこねてはみるものの。

単純に言っちまえばだ。

クソ女神や、その女神の手先であるアライオン十三騎兵隊である。

やばいに違いない。やばいに、決まってる。

だから話し合いで解決なんてのは、現実的じゃない。

そして——俺はそいつらを潰したい。

結局、俺にとってこれはそれだけの話でしかない。

ジオが、他の四戦煌へ視線をやった。

視線をひと巡りさせると、彼は、俺に再び向き直った。

「蝿王、おまえに相談がある」

声量を抑え、ジオは続けた。

「すべては明日の多数決の結果次第だが……今回の件について、実は一つ考えてることがある。今日の夜……そのことで、二人きりで話がしたい」

……ふむ。

ここで俺に、秘密の相談と来たか。

ひと通り手合せが終わった。

軽く言葉を交わしたのち、四戦煌は練兵場を出て行った。

汗を拭き終えたセラスが寄ってくる。

「全員とやってみて、どうだった？」

手合せ中は、ジオとけっこう話し込んでしまった。なので、あまり手合せの内容を注視できなかった。まあ、実際に手合せした本人の評を聞けば問題ない。

そう思っていたので、あまりよく見ていなかった。

「長らく戦と無縁だったという割には、十分戦える方たちかと」

平和に堕することなく備えてきたとムニンは言っていた。他の部族も同じのようだ。

「個々人の印象は？」

「ココロニコ殿は細身に見えますが、あれだけの重量の大剣を扱えるのは素直にすごいです。並外れた腕力の持ち主ですね。体力もありますし……あれだけ派手に動いて、まったくバテた様子がありませんでした。反面、技の面では他の三人に劣るかと」

筋力キャラって感じか。

「アーミア殿は、攻めより守りの方が得意のようですね。特に盾の使い方が上手い。加えて判断力が高く、攻めるべきか守るべきかの見極めは素晴らしいです。下半身が蛇型なので動きが読みにくいところもありますね。ラミアの動きの特殊性は、攻勢の際には有利に働くかと」

「ジオ・シャドウブレードはどうだ？」

セラスは答えるより先に〝自分も同意見です〟という顔をした。

「――強いです。体格にも恵まれていますし、筋力も見た目以上にあります。いえ……あれで速度もある上、特に身体の柔軟さが抜群です。その柔軟性に加えてあの長い腕があるので、腰の後ろに下げたあの長刀も難なく抜けるのでしょう。あれだけの大きさのカタナを自在に片手で操れるのも驚きましたし……技の方も、かなり洗練されています。それにとどまらず、頭の回転も速い。観察力も備わっていますし……戦闘中の対応力も、非常に高かったです」

ベタ褒めだった。四戦煌最強の称号は伊達じゃない、か。

「キィル・メイルは？」

「彼女も強いですよ。四本脚を使った足さばきは見事でした。手合せをした後に少し話をしましたが、幅広い武器種を扱えるようです。それに、彼女たちメイル族は魔素の扱いに長けた珍しいケンタウロスだそうでして。魔導具による攻撃術式も使えると。ただ……」

「ただ？」

「私と戦っていた時は、本気ではない感じもしました」

「となると……実は、あいつこそが四戦煌最強って可能性も？」

セラスは「いえ……」と否定する。

「やはり、四戦煌の中ではジオ殿が頭一つ――いえ、二つか三つは抜けているかと。キィル殿自身もそれは認めていました。正直……あれほどの戦士がこの国にいたことに、私も少々驚きを覚えています」

一方のジオは、セラスを評価していたが。

「軍配は、ジオ殿かと」

「イヴと比べると、どうだ？」

言い切るか。

「技に絞れば、同格と見ることができるかもしれません。ですがやはり――」

「体格や、元々の身体の作りが違う」

「はい」

スポーツでもよく聞く話である。身長や体格の差は何よりでかい。

フィジカルの差は、無慈悲なほど大きく結果を左右する。

だからこそ、体重差を考慮した階級制度なんかも存在するわけで。

「しかしそうなるとセラス、おまえは……」

そこで黙り込み、しげしげとセラスを眺める。きょとん、と首を傾げるセラス。

「？　どうか、なさいましたか……？」

セラス・アシュレインと、ジオ・シャドウブレード。

二人の体格差を頭に思い浮かべてみる。そして、ジオのセラス評を思い出す。

つまり……フィジカルの差を、セラスは技で埋めたわけだ。

だからジオはあれほど驚いていた。

今さらながらイヴのセラス評が思い出される。

セラスの戦才は飛び抜けている、という評。

というか……四人全員と手合わせしておきながら、疲労もこの程度なわけで。

「フン」

俺は微笑み、鼻を鳴らした。ったく、この——天才め。

「あの……いかがなさいました？　我が主？」

イヴ。おまえの洞察眼は本当に的確で、正しかったらしい。

城内で食事を終えた俺は、ジオの家を訪ねていた。

彼の家は東地区の一角にあった。この辺りは黒毛の豹人族が多く目につく。シャドウブレード族が集まっている区画なのだろう。

セラスは同行していない。ジオからは〝二人きりで話したい〟と言われている。族長で四戦煌ということもあってか、目立つ大きな家だった。

イエルマが出迎えてくれて、奥へ通される。

奥の部屋へ入ると、大きな椅子にジオが深く腰掛けていた。

壁の掛燭台がぼんやり室内を照らしている。

俺とジオは向い合って、椅子に座った。

酒を断り、早速、話を本題へと進めた。そして、

「――と、オレは考えてる」

ジオが内密の話を語り終える。

「ワタシに話したのは、それに加われということですね？」

「これが成功すれば、明日の多数決はどっちに転んでも問題ねぇ」

「他に乗りそうな者は？」

「明日の多数決の結果がオレの望む結果じゃなかった場合……キィルとアーミアには、状況を見て持ちかけてみるつもりだ」

つまり〝どちらに投票したか〟によって話を持ちかけるか決める、と。

「ココロニコ殿は？」

「あいつはリィゼ側につく。ドラン族の連中はアラクネたちには特に恩があるからな。わかりきってる」

「なるほど」

練兵場の時の口ぶりからも、そんな気はしていた。

戦いに乗り気なわけではない、という言動をしていた。

「ジオ殿は、明日の多数決をどう見ていますか？　たとえば、キィル殿はどうです？」

「……戦う側だと思いてぇがな。あいつの部族はまだ外の世界にいた頃、人間どもの狩りの対象になってたことがあるらしい。ケンタウロスの中でも突然変異？とかいうやつだとか。あの青い肌や額の紋は珍しくて、メイル族だけの特徴だそうだ」

「ゆえに彼女は、人間を危険な存在だと認識している？」

「オレはそう踏んでる」

「アーミア殿は、どうでしょう？」

「……それが、読めなくてな。ただ……最近あいつのリンクス族では、立て続けに産卵があった」

ラミアの生態について知識はないが、卵で子を産むらしい。

木製の巨杯で酒を呷(あお)るジオ。彼は酒気を帯びた息を吐き、言った。

「アーミアのやつがそれをどう捉えてるかが鍵だろうな。あいつは一見考えなしに見えるが、あれで意外と自分の信念や考え方はしっかり持ってる。小難しい話が嫌いなだけで、理解できないわけでもねぇ。頭も回る。で、それを隠すのも上手いときたもんだ」

だからこそ四戦煌をやってるわけだが、と再び酒を呷るジオ。

「確かに、彼女は話の通じる相手でした。では、ゼクト王とグラトラ殿……この二人はどう見ています？」

「陛下とグラトラは、多数決には不参加だとさ」

これは、初耳だった。

「オレも、おまえが来る少し前に知った。陛下は〝多数決の結果に従う〟と。そしてグラトラは〝陛下のお考えに従う〟そうだ。まあ、グラトラは最初からそう宣言してたがな。ってわけで、これで他の五人での多数決となった」

「となると……」

ジオは、戦う側を選ぶ。キィルも戦う側の可能性が高い……。

リィゼは平和的交渉側に決まっている。

聞いた感じ、ココロニコもリィゼ側に賛同しそうだ。

「アーミア殿が、鍵を握ることになる？」

「……今頃リィゼの野郎、アーミアのところに行って改めて説得してるかもしれねぇな」

「説得できると思いますか？」

「わからねぇ。リィゼのやつも、アーミアが内心どう思ってるのか読めてねぇ感じなんだよな……だから、不安が残る。さっき言った通り、アーミアは信念を表に出さねぇ変わった頑固者だからな。それでリィゼも、アーミアが苦手なんだ」

ため息をつくジオ。

「そのせいで、明日の投票は本気でどうなるかわからねぇ。ああ、そうだ……これもおまえには話してなかったが——もし戦うことになった場合、アラクネはこの国を出ていくことも考えてるとさ」

「この国を持続させている大きな要素である古代魔導具を扱えるのは、彼女たちだけではないのですか？」

「要するに、脅しだよ」

理知的な赤い瞳が俺を捉える。

「二度目の合議に現れた〝招かれざる客〟の意見を聞いて、あいつは明日の多数決の結果に不安が出てきたのさ。たとえばキィルあたりは、おまえの話を聞いて考えが変わった感じがあった。陛下もだ。最初は心情的にリィゼ寄りの印象だったが、おそらくおまえの意見にかなり揺さぶられたんだ。だから不参加を選んで、残る七煌（しちこう）に託すことにした……ってとこだろう。最初の合議の後じゃ、明らかに戦うべきという立場を取ったのはオレだけだった」

俺の意見にも、そのくらいの影響力はあったわけか。

……しかしこのジオという男、本当によく観察している。

確かに、ただ戦いが強いだけの男じゃない。

「リィゼ殿としては、想定外の蝿が入ってきて風向きが怪しくなってきた」

「そういうことだ。で、リィゼも誰がどっちに票を投じるか感じ取ったんだろう。そして、理解した。鍵は、アーミアだと」

獣じみた低い唸りがジオの喉奥で鳴る。愉快がるような——あるいは、皮肉めいた笑い。

「くく……まさかあのアーミアが、ここで鍵を握る存在になるたぁな」

「もしアラクネが去った場合、この国にとっては——」

「大痛手だ。古代魔導具の知識や内政面だけじゃねぇ。いずれ外の人間と交渉する機会があれば、まずオニク族が適任だろう」

……食料事情のことも、やはりリィゼは知っているのだろうか？

「ジオ殿は、随分と彼女の能力を買っているのですね」

「実際、優秀だからな」

「しかし……交渉役なら、あなたでも務まるのでは？」

「知ってるだろ？　オレは頭に血がのぼりやすい。カッとなると周りが見えなくなることがある……その点リィゼは口こそ悪ぃが、俺より抑えが利く。屁理屈でも、オレはあいつに勝てる自信がねぇしな。実際、勝てた例しがねぇ」

ジオは両手で杯を持ち、どこか達観した目つきになった。彼が視線を落とす。

「しかし、なんだろうな……今こそ一丸となって戦わなきゃならねぇ時なのに、仲間割れみてぇな状況になっちまって。ウマの合わねぇところがあっても、こういう時は七煌が力を合わせて動かなきゃならないはずなんだが……なんつーか……オレたちを頼りにしてる部族のやつらや、この国のやつらに申し訳なくてな……」

ジオ・シャドウブレードは——国の者たちのことを、心から真剣に考えている。想っている。

口調こそぶっきらぼうだが、人格者でもある。

「ともあれ、よくわかりました」

俺は言った。

「明日の多数決は、アーミア殿が鍵を握っている」

「……戦う方向で決まりゃ何も問題ねぇんだがな。あのアーミアのおかげで、本気でどっちへ転ぶかわかりゃしねぇ」

やはり四戦煌たちには、独特の距離感がある。

基本仲は悪くないが、べったり馴れ合う空気は感じられない。

しかしだからこそ、こういう時の統一感もないわけか。

同じ国に住みながらも個々が適度に独立しているこの感じ。

多種族が混在している国ゆえの特徴なのかもしれない。

「では、リィゼ殿が提案する平和的交渉案になった場合は……」

「さっき話した案を決行するしかねぇな。この国を、守るために」

ジオはそう言って上体を前へ倒すと、黙って虚空を睨み据えた。

「………」

しかしおそらくそれでは──変えるべきものを、変えられない。

俺は頭の中で組み上げていく──構築、していく。

最善に近い結果へ至る解法を。

ベストを目指せる、式を。

「────」

いけるか？　やれるか？

これは絶対という保証のできないやり方だ。

残酷なやり方とも言えるかもしれない。

不確定要素だってたくさんある。いや、ありすぎる。

ならばこのやり方は現実的ではない？　不可能？

いや、違う。
その通りだ。
ああ、その通りだ――リィゼロッテ・オニク。確かに、
やってみなくちゃ、わからない。
最善を求めるなら、これしかない。
やる価値は――あるはず。
ジオの家を後にした俺は、一人、石畳の上を歩き始めた。

「お戻りになりましたか、我が主（あるじ）」

城内に用意された部屋に戻ると、セラスがベッドに腰かけていた。

「今は〝トーカ〟でもいいぞ」

最果ての国に来てから一応、本当の名は隠してきたが。

「よいのですか？」

「ま、二人きりだしな。誰かがドアの外で聞き耳を立ててる気配もない」

ある程度の信頼を得られたからか。今、部屋の前に兵士はいない。

ちなみにニャキはピギ丸＆スレイと別の部屋に泊まっている。

全員で泊まれる部屋もあったのだが、

『いけませんニャ！　ニャキは、久しぶりにのんびり二人きりの時間を過ごせる主さんたちのお邪魔をするつもりはありませんのニャ！　ニャキは、別のお部屋を希望しますニャ！』

と、ニャキが頑なに俺たちとの相部屋を拒否した。

なのでとりあえずピギ丸とスレイにニャキの護衛役を頼んだ、というわけである。

……まあ、部屋に一人きりじゃニャキも寂しいだろうしな。

俺は、マスクを脱ぐ。

「で、そっちはどうだった？　グラトラと話せたか？」

「はい。四戦煌率いる各兵団についての把握も、それなりにできました」

明日の多数決、グラトラは不参加を表明している。セラスにも参加権はない。

明日を見据えた説得行為だとは思われまい。

なので、互いに気兼ねなく会話できたはずだ。

「すんなり会話に持ち込めたか？」

「彼女は生真面目な気質の持ち主ですが、心の優しい方です。初めて会った時に刺々しかったのも、私たちが王に脅威をもたらすと思っていたからのようですし」

若干、感情表現も苦手らしい。本人談だそうだ。

セラスは雑談とお茶がてら、グラトラと話してきた。

もちろん頼んだのは俺である。さて、最果ての国はグラトラの近衛隊を除くと、
蛇煌兵団。竜煌兵団。豹煌兵団。馬煌兵団。

この四兵団を主戦力としている。

「規模は四兵団合わせて８００程度か」

各兵団に約２００名。

「兵団外の戦える者も加われば、数は増やせるそうですが」

「兵団外で、戦闘向きの魔物もいるんだろうな」

亜人と魔物の国。

なんというか――ふと、ゲームとかの魔王軍の内部にでもいる感覚に陥る。

セラスは各兵団の強さについても話した。内容は、ジオから得た情報とも一致している。

「指揮能力でも、ジオが最優秀か」

「グラトラ殿の評によれば、ですが」

「……わかった。ご苦労だったな、セラス」

「そちらはいかがでしたか？」

「動くべきところは、動いたつもりだ」

言って、セラスの隣に腰かける。

「あとは、明日次第だ」

微苦笑し、控えめに隣の俺を覗き込むセラス。

「お疲れですか？」

「……さすがに、少し」

「当然です。トーカ殿は今日、まともな休憩を取っていませんから」

「食事の時は休めたさ」

マスクを取ってたから、食事はこの部屋で一人だった。

セラスの方は、ニャキたちと一緒に食堂で取ってもらった。

「あの……湯浴みは、まだですか？」

「ああ、まだだ」

言って、背から倒れ込む。柔らかなベッドの感触が、心地いい。

……まずい。気持ち良くて、このまま寝そうだ。

「セラス」

「はい」

「少しだけ寝る。三十分経ったら、起こしてくれるか？」

「このままお休みになってもいいのではありませんか？」

「今の俺は、あんまり清潔とも言えないからな……このベッドで一緒に寝るなら、おまえに悪い。仮眠を取ったら、風呂に入るつもりだ」

　セラスが座ったまま、俺の方を振り向く。

「私は、気にしませんよ？」

「俺が気にする」

　苦笑するセラス。

「では、三十分後に起こします」

「悪いな」

「いえ」

「礼と言っちゃなんだが、寝てる間にキスくらいならいいぞ……」

　眠い。

「そんなことをおっしゃると、本気でしてしまいますよ？」

「……したけりゃしろ。こんなもんでよければな。減るもんじゃないし」

　キスくらい、今さらである。

「風呂だって一緒に入った仲だろ、俺たちは」

　俺たちの関係性も、変化している。と、セラスがもじもじ始めた。

「――、……どうした？」

　眠い。

「実は……私も湯浴みが、まだでして」

「…………」

瞼が、落ちてくる……。

「浴場の方は、いつでも入れるよう手配していただいているようです。その……あとは明日次第ということですし、今日はゆっくり……い、一緒に入りますか？」

「…………」

「……もう、お休みになってしまいましたか」

腰を浮かせるセラスの気配。身体に、毛布がかけられる感触。

「セラス」

「——ッ！　は、はイっ!?」

びっくりしたセラスの声。

「……一緒に入るにしても、少し寝てからな」

「ぁ——ちゃ、ちゃんと起きていらっしゃったのですね……？　はぁ、びっくりした……ぁ、はいっ——準備しておきますっ」

さすがにそこで、意識が落ちた。

◇【セラス・アシュレイン】◇

セラス・アシュレインは、浴場にいた。

城内の浴場。古代都市時代のものに繰り返し改修を行い、使い続けているらしい。

使用されている水は驚くほど綺麗で、例の古代魔導具によって維持されているという。

浴場には今、セラスしかいない。

トーカとは約束通り一緒に入ったのだが、彼はちょっと前に先に出ていて、セラスだけ残った。脱衣場で服を着る時も一緒だと恥ずかしい——というわけではない（といいつつ、自分の方はある種の恥じらいは感じるのだろうが……）。

少し、一人になって気持ちを落ち着けたかった。

（あの方と二人きりで浴場に入るのは、こう……）

目もとを緩め、両手を頰に添える。

（トーカ殿は、私ほど感情が揺れないようですが……私の方は、あそこまで平静ではいられません……）

トーカも『勘違いしてほしくないが、俺も別に何も感じないわけじゃないぞ』と言っていた。けれど〝照れる〟などという反応は、微塵もうかがえず——

（いえ、だからこそ私の方も過剰に恥ずかしがらず……こんな姿で、トーカ殿と一緒にい

られるのかもしれませんが）

出会いからこれまでを改めて振り返ってみる。

やはり、新鮮だったのだ。

ネーア聖国にいた頃。程度の差こそあったが、特に異性の者は決まったようにセラスと会うと照れた反応をした。たじたじとなり、口が回らなくなる者も多かった。どこへ行っても、セラスは惚れ惚れとするような目で見られた（下卑た視線もたくさんあった）。そうなる理由はカトレアから耳が痛くなるほど聞かされていたため〝そういうものか〟と自分なりに納得はしていた（今となって思えば、カトレアの理由付けは偏っていた。が、おそらく彼女は意図的に偏った理由を聞かせていたと思われる。おそらく、セラスを狼たちの牙から遠ざけるために）。

けれど――トーカ・ミモリは違った。

確かに容姿は褒めてくれるが、照れない。たじたじともならない。

セラスは嘘がわかるので、褒め言葉が本心だというのもちゃんと伝わる。

というより……気づけば、逆になっていた。

自分の方が、照れる側になっていた。

異性にときめいて照れるとはこういうものらしい、と知った。

それがまたセラスには新鮮な体験だった。そう――初めての体験。

今となってはむしろ、自分の方が。

（彼を、照れさせてみたいと――）

何より、ここまで通じ合えた異性はいなかった。

男女で区切らなければカトレアがいる。

しかし異性に限れば、ここまで深く通じ合えた相手はトーカだけ。

あごを上げ、打ち水を顔に浴びる。

肌に当たった水が弾け、珠となって滑り落ちていく。

熱い吐息が口から、ほぅ、と漏れた。胸に手を当てる。

（恋をするとは、こういうものなのですね……）

本の恋物語を読んで抱いた感覚とは違う。もちろん物語に心を揺さぶられる体験はあった。が、あれらの物語と今のセラスには決定的に違うものがある。

本で読む物語に、トーカ・ミモリはいない。

彼について書かれた恋物語は、存在しない。

そして――彼には、話しかけることができる。

笑いかけることができる。

触れ合うことが、できる。

（触れてもらうことが、できる）

甘い恥じらいを覚えながら、セラスは、浴場を後にした。


（トーカ殿は、もうお休みになっているでしょうか……っ？）

早足に部屋へ戻ってみると、トーカはまだ起きていた。

ベッドの縁に座って何か考えごとをしている。

なぜか、まだ起きていたことにホッとしてしまう自分がいた。

まだ乾き切っていない髪を拭きながら、声をかける。

「まだ、お休みになっていなかったのですね」

「ん？　ああ……」

トーカが眉根を揉む。

「色々考えちゃいるんだが……どれがベストかわからなくてな。大枠は決まってるんだが、細部がまだぼんやりしてる」

「あの、お疲れでしょうか？」

「いや、風呂に入る前の仮眠でそれなりに眠気がとんだみたいだ。もう少し起きてられそうだが……何か、してほしいことでもあるのか？」

「え？」

「四戦煌（しせんこう）との手合せで働いてもらったからな。何かご褒美が欲しいってんなら、俺にできる限りのことはしてやるぞ。おまえの好きな甘い系が出てくるかはわからないけど、魔法の皮袋から何か出すか……？」

セラスは髪を拭く手を止め、ごく、と唾をのんだ。

「あの、では……膝枕――膝、枕を……」

もじっとトーカの反応を窺（うかが）いつつ、聞く。

「というのは、いかがでしょうか？」

「……そんなんでいいのか？」

「私にとっては、望む褒美……ですので」

トーカはちょっと停止した後、愉快そうに言った。

「変なヤツだな、やっぱり。ま、おまえがそれでいいなら」

部屋の長椅子まで移動し、布を敷く。

二人、長椅子に並んで座る。

そして――ちょん、と。

セラスは横になり、トーカの膝に頭を載せた。

ふにょり、と膝側の長い耳が膝の上で畳まれる。

「そんなに、俺の膝が気に入ったのか？」

「はい、これが……よいのです。とても、落ち着くといいますか……」

この時間は幸福感に包まれる。が、そこでハッと気づく。

「ぁ、すみません——私まだ、髪が湿っていて……っ」

「いいから、気にするな」

「……はい、申し訳——ぁぅ」

トーカの手が、耳に触れた。

「あ、悪い」

「ぁ、いえ……触って大丈夫ですよ？　ご存じの通り、少し敏感なだけですので」

が、トーカはそれ以上触らなかった。セラスは、ちょっと残念に感じた。

（しかし、本当に落ち着きます……）

目を閉じ、トーカを感じる。

布地越しではあるが、膝から伝わるトーカのぬくもり。

トーカの匂い。

（本当に、心地がいい……）

身を任せられる相手。

誰かに身を委ねるというのが、これほど幸福感を与えてくれるものだとは。

聖騎士団長として部下たちを受け止めることはあっても、こうして受け止めてもらうこ

とはなかった。カトレア相手でも、ここまで無防備に身を委ねたことはない。

（本当に、気が休まる……）

ごろんっ
（これでは、細かいことなんてまるで考えられなくなりそうな――）

「あ」

気づくとセラスは上を向いていた。

互いの顔が上下で向き合い……トーカと、目が合う。

途端、緩和し切っていたものが――急激に脈動を始めた。

この近距離での見つめ合い。顔が、一気に熱を持った。

「セラス……汗、大丈夫か？」

「だ、大丈夫です」

「真っ赤だぞ？　湯上がりのせいとか、ちょっと照れてるだけとかで……まさかおまえ、熱とかないよな？」

がばっ、と身体を起こす。

「ほ、本当に大丈夫ですので……、――ッ!?」

ピトッ、と。

トーカが自分の額を、起き上がったセラスの額にくっつけた。

「いや、ラブコメ漫画で見たことがあるんだよ。ヒロインが照れて真っ赤になってるんだと思ってたら〝実は普通に風邪で熱が出てましたー〟ってパターン……」

「～～～～っ」

「……そこまでの熱は、なさそうだけどな」

ある意味すごくあるのですが！と口をついて出そうになる。あと、

（ら、らぶこめまんがとは……一体？）

セラスは紅潮を隠せぬまま混乱気味に目を回し、自分の額を両手で押さえた。

「と、トーカ殿……っ」

「今の額で熱を測るってのを……一度、やってみたかったってのもある。あんなんで熱の有無がわかるもんなのかって、前から疑問でさ。悪いなセラス。こんなことできる相手はセラスくらいで……ちょっと、実験台になってもらった」

実験台が自分で嬉しいです――などとよくわからない思考を脳裏によぎらせつつ、セラスの鼓動は今や、癒しの緩和状態とはまったく正反対の動きをしていた。

するとなんだか、今度は、急激に恥ずかしさが溢れ出てきて――

（……まともにトーカ殿の顔を、見られない！）

勢いで、トーカの胸に顔をうずめる。

「熱の心配とは別の意味で……大丈夫か？」

セラスはそのまましばらく沈黙していた。やがて、

「…………………困ります」

どこまでも好意を隠せていない声だと自覚しながら、セラスはそう呟いた。

「悪かったよ。けど……本当に、気怠いとかはないんだよな？」

「……はぃ」

「そうか。ならよかった」

「先ほどは取り乱してしまい、申し訳ありませんでした……」

殊勝な顔つきで反省の弁を述べるセラス。

灯りも消し、今は二人で寝具に並んで寝ている。

二人とも、天井を眺めていた。

「騎士として、あるまじき錯乱ぶりでした……ミミズの件といい、最近は気が緩んでいるのかもしれません」

「今くらい、いいだろ」

「え？」

顔を横にして、トーカの方を見る。彼は、まだ天井を見たままだった。

「寝る前のリラックスする時くらい、蠅王(はえおう)の騎士じゃなくていい。こういう時くらいは、なんの肩書きもないセラス・アシュレインでいいさ」

「ぁ――」

セラスは胸を甘く締めつけられる感覚を味わい、そして、言葉が出なくなる。

（どうしてこの人は、こう……私の心を、こんなにも――）

互いに沈黙。

トーカはもう寝てしまっただろうか？

セラスは何度か躊躇(ためら)ったあと、思い切って、掛け布の中でトーカの手を探した。

指先が、トーカの手に触れる。

求めるように、セラスはトーカの手を摑(つか)もうとした。

が、寸前で思いとどまった。

すると――

（あ……）

トーカの方から、手を握ってきた。

握ってくれた。

まだ、眠っていなかったらしい。

「その……ありがとう、ございます」

トーカは、
「ああ」
とだけ、短く言った。ほのかに、優しい調子で。
互いに指を絡ませ合った後、ほどなくしてトーカは寝入った。
手から力も抜けている。今度こそ、完全に眠ってしまったらしい。
セラスはそっと指を解き、濡れた吐息を漏らした。
静かだ。とても。

「…………」
その時まで考えまいとしても、やはり、ふと考えてしまう。
彼が、復讐を果たした後のことを。
セラスは視線を滑らせ、静かな寝息を立てるトーカを見た。
彼は強くあろうとしている。どんな時も。
頼りになる人。
自分は先ほどのように、たまに寄り掛からせてもらっている。
ふと疲れた時、寄り掛からせてくれる人。
彼は、強い。
最果ての国に来てからも、見事に〝蠅王〟を演じ切っている。

自分とさして生きた年月が変わらぬ彼の、一体どこにあんな精神力があるのか。
そして彼は——トーカ・ミモリは止まることなく、歩き続ける。
(だから、私は……)
見届けたいと思う。最後まで。
けれどこの先、もし彼が耐え切れず、ふらついてしまう時があったら——
(その時、私は)
彼が寄り掛かれるくらい強い自分で、ありたいと思う。
しっかり受け止め、支えてあげられる存在でありたいと願う。
彼が再びその道を、歩き出せるように。

◇【三森灯河】◇

翌朝。薄闇の中で、目を覚ます。

すぐ横ではセラスが眠っている。露わになった肩を丸め、身を小さくしていた。

驚くほど寝息が静かだ。

というか、前からずっと思ってるが……こいつ、ほんと寝息が静かだよな。

上体を起こし、毛布を肩の辺りまでかかるように上げてやる。

「…………」

疲れは取れている。

さすがに今の状態で毛布の外に出ると、肌寒さを覚えた。

上着を羽織り、懐中時計を確認。次いで、窓の方を見やる。

時間的に、古代魔導具によって朝時間用の明かりが点くのはまだみたいだ。

静かだ。とても。

「さて」

把握すべき情報は、把握した。

動けるべき部分は動いた。

「上手く、運んでくれるといいが」

◇【安智弘】◇

——ガシャンッ——

心当たりのない奇妙な金属音で、安智弘（やすともひろ）は目を覚ました。
横たわっていたはずだが、上半身だけ起き上がっている状態である。
誰かが後ろから両肩を摑んでいた。寝ていた安の上体を、勝手に起こしたのだ。
〝何をする、この無礼者が！〟
そう怒号を飛ばそうとして気づく。
「！　んぅゔ～!?」
まともにしゃべれない。
顔の下半分に、鉄のマスクのようなものが嵌（はま）っている。
先ほど強引に装着させられたらしい。
息は鼻呼吸ができる。が、口呼吸がほとんどできない。
「んぐぅぅうゔ～！」
そろそろウルザの王都が近づいていたはずだ。
昨晩、野宿をして眠りについた。第六騎兵隊たちからは離れた場所に寝ていた。

（侵入者があれば音がなる仕掛けが、あったはず！）

木片と糸で作った仕掛け。誰かが糸に足を引っ掛けると木片同士がぶつかって音を鳴らす仕組み。昔、映画か何かで見たのをそのまま真似（まね）した。

（音が鳴ったのに気づかなかったのか!?　この僕が!?）

「あんな見え見えの仕掛けに、第六の人間が引っかかるわけないだろー」

背後から副長フェルエノクの声。さらに、第六騎兵隊の者たちが安を取り囲んでいる。

（ゆ、許さん！　焼き尽くせ――）

〝【剣眼ノ黒炎（レーヴァテイン）】！〟

「んーッ！」

スキルが、発動しない。

そうだ。スキル名の発声。不格好なこの鉄製マスクのせいで、発音できない！

「んん～！」

勇者のステータス補正で、自分はそこらの異世界人より色んな能力が高いはず。安は立ち上がり、背後のフェルエノクを殴打しようとした。

が、あっさり拳は空を切った。

「この程度かー、異界の勇者ー？」

んっふっふっふっふっふっ、と兵たちが嗤（わら）っている。

　この前黒い炎で懲らしめたラディスも嘲笑していた。

「ぎゃは！　ざまぁねぇなー勇者殿？　お得意の固有スキルがなけりゃ、その程度か？」

「……ッ！」

　怒りが安の内で噴火する。頭が、怒りで沸騰しそうだ。

（卑怯な、愚か者どもぉおおお……ッ！）

　安は、一人腰掛けている隊長のジョンドゥを睨みつけた。目で訴える。

〝女神に報告すれば後で恐ろしいことになるぞ〟

〝だが今ならまだ許してやる〟

〝早くこいつらに命令し、今すぐこの黒炎の勇者を解放しろ〟

　安の意思が通じたのか、ジョンドゥが立ち上がった。

　歩いてくる。兵たちは素直に道を開けた。ジョンドゥが安の前まで来て、屈む。

「？――ッ！」

　ジョンドゥが腰から抜いた短剣の刃を上下逆さにした。

　刃の切っ先が、安の喉もとに添えられる。

（こい、つ……今のこいつは、何か――）

　雰囲気が、違う。

「ん～!?」

「使い物にならないと判断したなら始末してよしと、女神からは言われていましたが……なるほど、女神が見放したのも頷けるのであります」

「！」

馬鹿、な。

（僕は……）

女神から、この安智弘にしかできない特別任務を――

「金眼の魔物に指を数本切断されただけで他の勇者を見捨て、逃亡した勇者……それで女神の評価が地に落ちたと思わぬ方が、おかしな話……でありますな」

「……っ！」

「まあ……我々第六にトモヒロ・ヤスを預けた時点で、女神はもうおまえを見限っていたのかもしれないのであります」

何を……何を、言っている？

目の前の、こいつは。

「哀れを通り越して滑稽でありますな。つまりおまえは、他の勇者にとっても邪魔な存在と判断されたのであります」

「！」

「おそらくおまえなしでも大魔帝討伐は成ると、女神は判断したであります」

そんな。

そんな、そんなそんなそんな——馬鹿な。

「これを見越した女神から処刑用として渡されたのがそのマスクであります。それを装着している限り、スキル名を口にすることはできない……ステータス補正の高いS級や、スキルに頼らない勇者には心もとないでありますが……スキルに頼り切りった勇者には、効果絶大でありますな」

ジョンドゥの顔には表情がない。淡々としている。逆にそれが、怖い。

「まったくなー、うちらの隊長ー、年々趣味が悪くなってくなー」

「こういう手合いは、できるだけ増長させるに限るであります。そうすると、こうして叩き落とす時の楽しみが何倍にも膨れ上がるであります。この落差が、必要なのであります」

「……やっぱ怖ぇな、あんた」

「ラディスも、よく我慢したであります」

「我慢できたのは隊長さんが怖ぇからだよ。不機嫌になると本気で怖ぇもんな、あんた」

「トモヒロ・ヤス」

ジョンドゥと目が合う。

憎しみなどない。普通だ。普通。ぼんやりした通行人と、何も変わらない目つき。

怖い。

「おまえこの世界の人間を——総じてバカだと思ってるだろ？　であります」

「！」

「態度でわかるであります。バカにしているのは、わたしたち第六だけじゃないでありますな？　この世界に住む者すべてを、おまえは見下しているのであります。要するに……」

ジョンドゥが刃の先を少しだけ喉もとへ押し込んだ。

安は、細い針に刺されたような痛みを覚える。

「あまり、異世界人を舐めるな」

であります、とジョンドゥは続けた。

「すぐに殺すのはもったいないであります。彼は、旅の添え物であります」

取り囲む兵たちの笑みは、とても嗜虐的で。

フェルエノクも、ラディスも、嗤っている。ジョンドゥが、淡々と言った。

「できるだけ、楽しい旅にするであります」

「もうボロボロだなー、あの時の威勢はどうしたー？」

「だっせぇなぁ……隊長ー、こいつ全っ然もたないじゃないっすかー。もう悲鳴もすっかり小さくなっちゃって」

「金眼に切断された指は、確か、女神の力でくっついたのであります」

（……？）

「また、切り離してやるであります」

「！」

「うわっ、本気っすか!?」

「冗談ではないのであります。ただし切断するのは、女神が治療した指だけであります」

「んー！　んぅ〜!?　んんーっ！」

「お、急にじたばたし始めたっすよ？」

「しっかり押さえつけておくであります。切り離しは、フェルエノクがやるであります」

「仕方ないなー、やるかー」

「んん〜!!」

「ぎゃは！　なんだよ、まだ元気じゃねぇの!?」

「泣いても、もう遅いのであります」

「んーっ！！　んーっ！　んん〜〜〜〜〜っ！！！！」

「切り離し終えたら、すぐに応急処置をお願いするであります」

（やめろ！　やめろやめろやめろぉおお！　おーっ!?　やめろ！　やめろやめろ！　待って！　わぁあああ!?　やめ――）

――ザクッ――

「…………」

振動。

縛られて。

ずだ袋の中に、入れられて。今は、誰かに担がれている。荷物として。

多分、担いでいるのはフェルエノク。

「おまえは今回の任務で成果を上げられるかなー、ラディスー？」

「絶っ対に上げてやるっすよー。今回の任務で女神様に認められれば、亜人の俺に爵位をくれるって話なんすよ！　最果ての国で捕らえた亜人たちの管理も一部、俺に任せてくれるって話で……」

「女神は、従順な者には気前がいいのであります。その分、怖いでありますが」

「美人だし、優しいいし、いいカラダしてるじゃねぇですか」

「内面の話であります」

「はー……隊長にはそういう一面も見せるんっすねー」

「まあ、話のわかる方ではあります。逆らわない分には、心強い味方でありますな」

「大魔帝の方は放っておいていいんすかね？」

「そっちは勇者がやるであります。そいつ以外の」

「…………」

「おーい、まだ生きてっかー？」

ボフッ

「……うっ」

「まだ生きてるのかー、女神の加護のおかげかもなー」

「隊長、こいつまだ殺さないんすか？」

「殺すなんて、とんでもないであります。堕ちていく他者の人生を簡単に終わらせるなんて、非常にもったいないのであります」

「そんなもんすかねぇ？　てか、隊長って——」

「おや？」

◇【女神の使者】◇

ようやく来た——あれだ。

第六騎兵隊。

男は女神の使者として、ウルザの王都モンロイで第六騎兵隊を待っていた。

軍魔鳩(ぐんまきゅう)より受け取った女神の指示を、彼らへ伝えるために。

「そうかー、あの狂美帝(きょうびてい)が反旗を翻したのかー」

使者の男はウルザの正門を出た辺りで、第六騎兵隊を呼び止めた。

そして新たな女神の命令を伝えた。

新たな命令を聞き、ふむ、と唸(うな)ったのは隊長のジョンドゥ。

「えっ!?」

跳び上がりそうになった。今まで、どこにいたのだろう?

声を発したことで初めてそこにいたのに気づいた。

聞きしに勝る影の薄さである。

装いを変えて王都モンロイを歩けば一般市民にしか見えまい。

「ところで、そのずだ袋から血が垂れていますが……一体、中に何が?」

「大したものでは、ないのであります」

「いえ、ですが……何か変化があれば報告をとヴィシス様から……」

「女神の使者になって、おまえはまだ日が浅いでありますか？」

「あ、はい——、……え？」

視線を下げる。

自分の下腹の左辺りに——短剣が、刺さっていた。

遅れて痛みを意識するまで、刺されたことに、気づかなかった。

「あっ——ぃ、痛っ!?　ジョンドゥ様、な、何を……ッ!?」

「大したものでは、ないのであります」

ゾッ、と。

生まれてこの方、感じたことのない恐怖を覚えた。

印象はこんなにも〝普通〟の男なのに……恐ろしさのあまり、声が、出ない。

「傷は深くないであります。さ、すぐに治療に行くであります。そして、あの荷物ですが——」

三度、ジョンドゥは繰り返した。

「大したものでは、ないのであります」

◇【安智弘】◇

どのくらい時が経ったのか、思い出せない。

何日、経ったのだろう？

この間、色んなものが自分の中から消え失せた気がした。

身体が……かゆい。

わかるのは一つ。まだ、生きているということ。

朦朧とする意識の中。安智弘には、まだ自分が生きているのが不思議に思えていた。

「この辺りはもう一応、魔群帯の端っこだなー」

「しっかし、ミラは何をとち狂ったんすかねぇ？　ん？　あれ、なんすかね……？」

「……なんかの、死体だなー」


「これもあれも、まさか勇の剣の連中なんすかっ!?」

「死体は食い荒らされて細切れに近いでありますが……可能性は高いでありますな」

「勇の剣ー？　まさかあのルイン・シールが負けたー？　そんな馬鹿なー」

「けど、誰にっすか……？」

「ふむ……向こうで見つかった死体は、魔戦騎士団の鎧を着ていたでありますか」

「そうだなー、あれは魔戦騎士団の鎧だー」

「明らかに両者はやり合っている……そして、これがその魔戦騎士のまとめ役が使っていたと思しき剣であります。鍔の部分の紋章が、潰されているでありますな」

「つまりそれって、どういうことっすか？」

「鎧はともかく……人間、やはり武器は使い慣れたものを使いたいものであります」

「んー？　要するにー？」

「武器だけは普段使いのものを使用したのでありますな。ただし正体は隠したかったので、ここの紋章を潰したわけであります」

「てことは……あいつら、魔戦騎士団を装って勇の剣を襲ったんすか？　けど、勇の剣より強ぇなんて……」

「狂美帝……もしくは輝煌戦団なら、ありうるかもしれないであります」

「ここに、狂美帝が!?」

「あくまで可能性の話であります。そして、この紋章……潰される前の紋章を推察するくらいは可能であります。ライオンに百合――ミラの輝煌戦団が掲げる紋章でありますな」

「そうかー、ミラかー」

「我々はひとまず最果ての国を崩しにきたわけでありますが、これは……ちょっとわからなくなってきたでありますな。ミラにいる実力者が、勇の剣を凌ぐとなると……」

「第五とか第九とか、他の騎兵隊連中もちらほら集結してるみたいっすけど……このこと伝えます？」

「……いや、まだ伝えなくてもいいであります。まあ……狂美帝がもしこの辺りにいるのなら、ちょうどいいのであります」

（………）

彼らは安のことなど、もはや眼中にないらしい。

ただの〝荷物〟――空気扱い。

どころか、存在すら忘れているかもしれない。

ジョンドゥの淡々とした声が、ずだ袋の中に届いた。

「とはいえ、あの勇の剣が後れを取る相手となると……さすがに今回は、少々慎重に動いた方がよいかもしれない――で、あります」

4．蝿を、振り払って

「ベルゼギア様、陛下がお呼びです」

自室で朝食を終えた頃、ハーピーが部屋を訪ねてきた。

あの装いは近衛(このえ)隊だ。これは、もう覚えた。

一度時間を確認し、懐中時計をしまう。

どうやら多数決の結果が出たらしい。

セラスを連れ、ハーピーについていく。

通されたのは昨日、七煌(しちこう)が集まった部屋。入室すると視線が一斉にこちらへ注がれた。

席順は昨日と変わっていないが、各自の表情には差がある。

奥の席のゼクト王が軽く手を上げた。

「戦うか、話し合いによる解決を試みるか――決が出た」

「どのような結果に？」

「戦う方へ票を投じたのは、ジオ、キィルの二名。そして話し合いによる解決に票を投じたのが、リィゼロッテ、ココロニコ、アーミアの三名だ」

リィゼが〝どうよ？〟みたいな笑みで、俺を見る。

「よって我が国は、話し合いによる交渉を用いた解決に全力を注ぐこととする。全会一致とはいかなかったが、決定は決定。互いに禍根を抱かず、七煌一丸となってこの交渉に挑んでほしい」

　ジオは腕を組み、仁王立ちで黙り込んでいる。

「ジオもよいな？　頼んだぞ」

「……はい。本音を言えば思うところはあります。が、これはオレ自身が多数決での決定を受け入れた上での結果……受け入れざるを、えないでしょう」

「豹人（ひょうじん）の視力や聴力はアタシも買ってるわ。アンタはこの結果が気に入らないかもしれないけど、これからは協力していきましょ？　いいわね？」

「……ああ」

「キィルも、頼むわよ？」

　肩を竦（すく）めるキィル。

「ジオくんが暴れるかと思ったけど……ああしおらしく結果を受け入れてるんじゃ、アタシもおとなしくこの結果に従うしかないわね」

「ケンタウロスの力も、頼りにさせてもらうわ」

「宰相くんの、ご随意に」

「仰々しいその言い方、アタシへの皮肉？」

「皮肉ってより、負け惜しみ」

「……ま、いいわ。ああそれと、ニコとアーミアにはちゃんとアタシの正当性が伝わったみたいでよかったわ。二人には、感謝してあげる」

「某、貴様には恩義がある。また、宰相としても認めているゆえ」

ココロニコの投票先は事前情報通りだ。

ジオとキィルも、想定していた方へ投票した。

そして唯一、投票先が読めなかったのが……

「私たちラミアは今、幼子を持つ者が多いのだ。うん、兵団に所属する者も多くてな。もし戦いで命を落とせば親を失う幼子が多くなる。命の危険なく解決できるなら、それに越したことはないのだ。まあ、私だけなら子もいないし参戦してもいい。が、相手の数が多いとなればそうもゆかん」

「安心なさい、アーミア」

リィゼが力強く胸を張る。

「アタシが誰も死なせやしない。絶対に平和的な解決を達成してみせる。約束するわ」

ジオが、リィゼへ視線を飛ばす。

「兵団はどうなる？」

「予定通り解体よ。戦力と呼べる組織は、近衛隊だけ残す」

「……本気なのか？」

「アタシたち亜人や魔物は、脅威と見なされていた存在なのよ。害意がないと示すためには、それくらいの姿勢を見せる必要があるわ」

保持している戦力の破棄。彼女にとっては、どこまでも正しい選択。

「今後、相手をこの国に招き入れるかもしれない。その時のことを考えると、危険と判断される要素はできる限り排除しておきたい。ただでさえ、武器を持ってなくとも凶悪と誤解されかねない魔物もいる。真摯に示さないといけないのよ……アタシたちは、平和的な心を持つ者たちなんだって」

リィゼが扉の方へ歩いてきて、俺の前に立った。

「とまあ……そういうことになったから。文句、ないわよね？」

「今回の決定は、正しいやり方によって公正に決まった方針です。何よりワタシはこの国の民ではありません。さく日のワタシは、あくまで私見を申し上げたに過ぎませんから。ゆえに、文句などあろうはずもございません」

「そうね。アンタは所詮、部外者だもの。で、わきまえたのかしら？」

「何をでしょう？」

「身の程を」

ここへ俺を呼んだのはリィゼだろう。彼女は、完全に勝ち誇った顔をしている。

正しかったのは自分だ、と。

おまえは間違った者だ、と。

そう——正しい。

リィゼロッテ・オニクは、正し過ぎるほど正しい。正しく、公正。

彼女が昨晩アーミアを説得しに行ったのも卑怯ではない。

説得行為は、卑怯ではないのだ。

俺が答えないのを見てか、

「もういいわ、アンタ下がりなさい」

上から目線で、リィゼが叩きつけるように言う。

「アタシたちを口車に乗せて利用できなくて、残念だったわねぇ？」

「…………」

「早速アタシたちは今後の動きを話し合わなくちゃならないわ。そしてこれから話し合うことは、血の気の多い部外者に聞かせる話でもない」

リィゼは〝部外者〟のところをことさら強調して言った。

「そこまでにしとけよ、リィゼ」

窘めたのは、ジオ。

「確かにそいつは部外者かもしれねぇが、客人でもある」

「うん、私も今の発言はさすがにどうかと思うぞ」

アーミアが続く。リィゼはぷんむくれて、目を逸らした。

「……事実を言っただけでしょ」

「いえ……おっしゃる通りワタシはよそ者でしかありません。もし血を流さずに解決できるなら、それに越したことはない。それも事実。交渉が上手くいくことを、心より祈っております」

七煌に一礼。

「それではこれにて、ワタシは失礼いたします」

□

己を賢いと思う者であればあるほど。

己の出した結論をただひたすらに理屈で補強していく。

そして最後にはそれが〝正しい解答〟となる。

過剰に己を信じる――人はそれを、過信と呼ぶ。

が、それは俺だって同じなのだ。

俺だって、自分の出した結論を過剰に信じている。

ゆえに結局、あらゆるものは過信と過信のぶつかり合いでしかない。

そして結果が出ることでしか、真の答えは出ない。

どちらの〝過信〟が、真に正しかったのか。

▽

翌日、俺はゼクト王に謁見を申し出た。

今日は合議の間ではなく、王の間。

玉座につく不死王と、控えるグラトラ。四戦煌（しせんこう）の姿はない。

「ワタシたちはこの国での目的を終えました。話し合いによる交渉が決まり、戦力と見なされる存在がこの国に不要だとリィゼ殿に判断された以上……ワタシたちの存在も、よくない材料になりかねません」

「追い出すような形になってしまい、すまぬな」

「リィゼ殿のご意向もあるでしょう？」

「……うむ。リィゼは、そちの存在はいらぬ火種になると……ジオやキィルが主戦派になったのも、そちがいらぬことを吹き込んだゆえと言ってな。すまぬ」

「いえ、ワタシがその二人を煽（あお）った形になった……その意見にも一理あります。リィゼ殿の判断は、正しいかと」

「ヨは賭けてみたい。この国の未来を、この国始まって以来の出色のアラクネに、託してみたい」

「とどのつまり、最後に判断するのは誰もが自分自身です。この国の方針について、この場でワタシから申し上げることはもうありません。ただ、クロサガの件……」

「うむ。頼まれた通り、彼らはそちの期が熟すまでこの国でヨが責任をもって保護する。改めて迎えに来るがよい。安心してくれ。その時は必ず、ヨがそちたちを入国させる――グラトラ」

「ハッ」

返事をし、グラトラが俺の前まで来る。

渡されたのは、エリカから譲られたものと同じ最果ての国の〝鍵〟だった。

「神獣をこちらで預かる以上、これを使わねばそちたちは再入国できぬのでな。次回入国時には、これを用いるがよい」

「ありがたいですが、よろしいのですか？　貴重なものなのでは？」

「神獣がこの国に来たならその鍵の出番は激減する。そう……ニャキ殿のことも安心するがよい。この国で平和に暮らしていけるよう、ヨが全責任を持つ。約束しよう」

「ニャキのこと……どうか、よろしくお願いいたします」

グラトラが元の位置に戻り、ゼクト王が聞く。

「すぐ発(た)つのか？」

「はい。時も惜しいので」

「わかった。そちと再会する時、この国は人間たちと手を取り合える国に生まれ変わっている——ヨは、その未来を信じたい」

最後に、王は言った。

「それと、機会があれば伝えてほしい」

「どのような？」

「ヨは今でもそちに深く感謝していると——エリカ殿に」

王の間を出る。

部屋に戻ると、セラスとスレイが待っていた。

「行くぞ」

「はい」

「パキュ」

そして、

「主(あるじ)さん」

不安そうに、ニャキが俺を見上げた。

マスクを取り、ニャキと目線を合わせる。

「安心しろ。きっとすべて、上手くいく」

「あの、ニャキは……」

「別れは言わないぞ?」

受け入れた顔つきで、ニャキが頷く。

「……はい、ですニャ。ニャキは皆さんの幸運を——ほんとにほんとに、祈っておりますのニャっ」

ニャキはちょっと涙目になっていた。……ったく、こいつは。

思わず口もとが綻んでしまった。そっと、頭を撫でてやる。

「おまえも、しっかりな」

「にゃ、ニャキも蠅王ノ戦団の一員ですニャ！　ニャキはそれを、決して忘れませんニャ！」

蠅王のマスクを被り直し、言う。

「いい返事だ」

俺たちは城外へ出て、城の正門を抜けた。

見送りはここまででいいと言い、ニャキと別れる。

緩い坂を下り始める。
一度、城の方を振り返ってみた。
まだ、ニャキの姿があった。
なんというか、あいつらしいと思った。
見ると、城壁の塔からこちらを眺めている者がある。
ジオ・シャドウブレード。
手を上げてみると、ジオは手を上げ返した。
回れ右をして、坂を下る。
街道を抜け、地上へ向かう回廊の前まで出た。
またも振り返る。今度は、地下王国が一望できた。
「…………」
階段を上がってゆき、あの銀の扉のところに辿（たど）り着く。
鍵を窪（くぼ）みに嵌（は）め込む。
扉が、開く。
この鍵は内から開く際には消費されない。
外から入る時にのみ消費——消滅する。
扉が、開き切った。

日の光がどこか懐かしく感じる。

「できることなら、このまま十三騎兵隊とやらも潰しちまいたいとこなんだが」

リィゼの存在がある以上、それも難しい。

が、今できることは他にある。

「さて……俺たちは俺たちに今できることを、先に済ませちまおう」

こうして俺たちは、最果ての国を後にした。

◇【ある夫婦の、】◇

「アナタ……」

「安心しろ。必ず、上手くいく」

「あのね、そうじゃなくて……実は、お腹の中に赤ちゃんが」

「！　本当かっ!?」

「ええ……ごめんなさい、こんな時に」

「ちっ……言うなら、もっと早く言いやがれ」

「本当はびっくりさせたくて、もっと後に報告するつもりだったの」

「こんな時にってのは、まあオレも困るっちゃ困るが……嬉しいのは確かだ」

「……ジオ。無事に、戻ってくるわよね？」

「当然だ。オレは四戦煌最強と呼ばれる男だぜ？　絶対だ。必ず、無事に戻ってくる」

「本当は、私も一緒に行きたい」

「今の話を知ったら、余計に無理だ」

「そう、ね……どうかご武運を、ジオ・シャドウブレード」

「ああ、行ってくる。そしてオレは、必ずここに戻ってくる……おまえと、腹ん中にいるそいつのために。約束する」

◇【リィゼロッテ・オニク】◇

リィゼロッテ・オニク。

彼女にとって慌ただしい日々が始まった。

まず、最初にやるべきは使者の派遣。

ここへ向かっているという女神の勢力に、敵意がないと伝えなくてはならない。

「出たり入ったりする時に、ニャキがあの扉を開け閉めすればいいのですかニャ？」

「それがアンタの仕事よ。今はそれだけやってれば、仕事として認めてあげる」

「はいニャ、わかったのですニャっ」

鍵は数が限られているが、今は神獣がいる。鍵を消費しなくても扉の開閉ができる。

神獣はあの蠅が連れてきた。ここだけは、あの男を評価してやってもいい。

蠅王ノ戦団が去った日の前日から、リィゼはもう動き出していた。

オニク族を総動員し、外と交渉するすべを模索する。

四戦煌への〝再教育〟についても話し合わねばならない。

好戦的な性向は、矯正せねばならない。特に、ジオやキィルだ。

やることは山積みである。そして、やれる部分はすべて自分でやらねばならない。

この、リィゼロッテ・オニクが。失敗は許されない。

交渉の場にはこれから何度も出向くはず。

リィゼも食糧問題は認知している。古代魔導具の劣化の件も。

内政の中心を担うのはオニク族であり、重要な古代魔導具の管理はアラクネが担っている。リィゼロッテ・オニクが、これらの問題を把握していないはずはない。

この国は外に開くしかない。リィゼも、それはわかっている。

そしてそうなれば、交渉相手は女神の勢力にとどまらないだろう。

他に国があるならたくさんの国と交渉するかもしれない。

人間たちに自分たちの危険性のなさを説く。

——やれる。どんな相手だろうと。一滴の血も流さず解決してみせる。

自分なら、やれる。

……許せなかった。

自分たちに血を流させようとした、あの蝿。

自分たちを利用しようとした、あの蝿が。

三日間、リィゼは外へハーピーの使者を放った。

この国を開くと決めた。最果ての国が見つかる危険……今やそれも、受け入れねばならぬ時期にきた。リィゼは今後を見据えた業務に全霊を注ぎつつ、報告を待った。

まだ数名、戻って来ない使者がいる。

そして、人間の軍らしきものを見たという報告はまだない。

つまり女神の勢力は、まだずっと遠くにいる可能性が高い。

ならば、まだ時間はある。備えなくては。

やることは、山積みだ。

寝食すら削って、リィゼは動き続けた。


「リィゼ様！」

息せき切って、一人のアラクネが部屋へ飛び込んできた。

彼女の名はイダタ・オニク。

「どうしたのよイダタ？　うーん……悪いけどアタシ、連日の多忙でちょっと疲れていて……今から少し、休もうかと——」

「き、消えました！」

「あのねぇ……それだけ言われてもわからないわ。何が消えたの？」

「ジオ・シャドウブレード及び、キィル・メイル——」

まだイダタが言い終わらぬうち、リィゼは無意識に椅子から降りていた。

「——豹煌兵団と、馬煌兵団がです！」

「どういうこと!?」

「夜時間のうちに、気づかれぬよう移動したと思われます！」

まさか、国の決定に……逆らった？　この国を出ていくつもり、なのだろうか？

自分たちの主張が、通らなかったから。

「あ」

リィゼは目を丸くし、呆けた声を出した。

「まずい」

「リィゼ様、いかがなさ――」

「イダタ！」

「は、はいっ」

「急ぎ竜煌兵団と蛇煌兵団を集めて！　あ！　武器の携行はさせないで！　これは絶対遵守！　いいわね!?　それと、ロアのところへ行って巨狼たちを召集させて！」

「わ――わかりました！　というか兵団をっ……まさか、ジオたちを追うのですか!?」

「当然でしょ！」

「捜索であれば、その……グラトラに話を通して、近衛隊のハーピーの力を借りる手もあるのでは……ッ!?」

「！　そうねっ……グラトラにもハーピーを出すよう要請して！　ただしハーピーも

「——」

「武装はなし、ですね！」

「よし、わかってるじゃないの！　さ、急いで！　手遅れになる前に！」

事態の深刻さが伝わったのか、イダタが慌てて部屋を飛び出して行く。

リィゼもそのまま部屋を出た。

（まずい——まずいまずいまずいまずい！）

ジオたちはおそらく戦いに行くつもりだ。

女神の勢力を叩きに行った——リィゼが交渉を始めるより先に。

この数日間、陰で準備をしていたのだろう。

リィゼ及びアラクネたちはその間、多忙を極めていた。彼らへ目が行き届かなかった。

（ジオもキィルも、多数決の結果を受け入れたんじゃなかった……ッ！　違った！）

が、考えがそこへ及ばなくとも仕方ないかもしれない。

これまで多数決で決まった結果には、皆が必ず従ってきたからだ。

この国の誰もが、である。

七煌の投票で決められた方針。これは絶対であり——掟。

でなければ、統治など夢のまた夢。ゆえに皆、従ってきた。七煌も。

これまで、ずっと。

（どうしてなの!?　何が、アンタたちをそこまで変え――、……ッ）

決まっている。

あの蠅。あの蠅だ。アナエルの知人だったのが不幸だった。

そこに忖度せず、早めに追い出しておくべきだった。

この間にも、リィゼは城内を駆けている。

時に糸を巧みに使い、走るより短い距離を移動する。糸を柱にくっつけ、弧を描いて宙を飛ぶ。階段などはこれであっという間だ。走るより速い。急がなければ。

城門を出る。

巨狼が集まってきていた。彼らの機動力なら、追いつけるかもしれない。

移動しながら合流し、リィゼたちは急いで銀の扉の前まで来た。

「この地面の状態と、足跡の新しさと数……」

すでに、外へ出ている。

「ねぇイダタ、鍵の管理は？」

「し、していました」

「数は合ってる？」

「先日ベルゼギアに渡して以降は、減っていません」

リィゼは辺りを見回す。

「神獣の姿がないわ。今日も、この辺りに待機のはずなのに……」

最初からあの神獣まで裏切る算段だった？

「…………」

現時点では、決めつけられない。ジオやキィルに脅されたのかもしれない。

神獣の姿は、見えない。

――今はとにかく、ジオたちを追わなくては。

ケンタウロスより巨狼たちの方が速い。絶対に、追いついてみせる。

三つ首の巨獣犬――ケルベロス。巨狼たちを束ねるその魔獣の名は、ロア。

「ロア、アタシを乗せて」

「追うのであるな？」

ロアは巨狼と話せるだけでなく、こちらの言葉も解する。

ただ、しゃべれるのは真ん中の頭部のみ。

「最悪、アタシだけでも追いつければいい！　いいわねロア!?　ジオたちの足跡とニオイを辿(たど)るのよ！」

「わかったのである」

臀部(でんぶ)から吐き出した糸で跳び、ロアに飛び乗る。

振り落とされぬよう糸で身体(からだ)をロアに固定。

と、リィゼはそこで目を細めた。続き、舌打ち。

「――アーミア！　盾の後ろに短刀を隠してるわね!?」

「武器を持つなと言われたが、武器なしはさすがに危険ではないかと思ったのだ」

「だめ！　盾で十分よ！　攻撃は必要ない！　幼子を持つ母ラミアを殺したいわけ!?　さ、ここへ置いていきなさい！　他のラミア騎士も！」

盾の後ろに隠した短刀を捨てるようアーミアが指示を出す。短刀が放り捨てられ、高く硬質な音が立て続けに鳴る。リィゼは、アーミアをつぶさに観察した。

「？　アーミア、それは何っ!?」

革帯の小袋を開き、中身を見せるアーミア。

「うん、これは音玉だ」

音玉とは魔導具の一種である。

魔素を一定量以上注ぐと、その名の通り音を発する。

「互いに離れることもあるかもしれない。音玉は合図に必要だろう。というか、これはリィゼ殿も持っているものでは？……大丈夫か？　少し、神経が過敏になっているのでは？」

「……そうかもね。ごめん、アーミア」

リィゼは汗ばんでいる額を拭う。睡眠不足や疲労のせいもあるだろうか。

確かに、今の自分は冷静とは言えないかもしれない。

（気を、入れ直さないと）

一つ深呼吸してから、リィゼは声を張って号令を発した。

「ラミアと竜人は乗れるだけ巨狼に乗って！　ハーピーは上空から捜索！　ジオたちや、女神の勢力らしき者たちを見つけたらすぐにアタシへ報告！　イダタ――開門！」

「は、はい！」

イダタが鍵を窪（くぼ）みに嵌（は）めると、門が開いた。リィゼは彼女から鍵を受け取る。

受け取るやいなや、ケルベロスが弾丸のように飛び出した。

巨狼たちとハーピーが、続く。

止める。止めてみせる。

（もしくは……先に人間たちを見つけて、説明する！）

敵ではないと。必ずジオたちは説得するから、手を出さないでほしいと。

リィゼの頭を、一つの疑問が渦巻き続けている。

ジオ、キィル。

なぜ？　どうして？　なぜなの!?　どうしてなの!?

（アタシが交渉さえすれば、すべては上手（うま）くいくのに――）

丸く、収まるのに！

谷間の道を、リィゼを乗せたロアが風のように駆ける。

道の先を睨み据えながら、ロアは矢のごとき速度で駆け抜け――

「！」

耳を澄ます。

（馬蹄の音……？）

ケンタウロス？　キィルたちだろうか？

ロアが――急停止。その足裏が地面を擦り、砂煙が舞った。

近づいてくる複数の影。視認できる距離まで、彼らが近づいてきた。

「あれは――」

目を、大きく見開く。

「まさか……人間!?」

馬に騎乗した人間たちだった。武装している。

もう、来ていた。

リィゼは振り返った。巨狼たちが追いついてきている。

そこへ、かなり遅れて遠くの上空にハーピー。

リィゼの思考が高速で回転する。

「――ロア、アンタだけ戻って！　扉の前まで！」

「戻るのであるか？」

「見てわかるでしょ!?　こっちに近づいてくるあれが、おそらく例の女神の勢力よ！　アンタの外見は人間の目には攻撃的に映る危険がある！　巨狼たちとハーピー、ニコ、竜煌兵団も下がらせて！　蛇煌兵団は――」

ラミアは上半身が人間と近い。まだ、親近感を持ってもらえるかもしれない。

「そのまま、アタシのところへ！」

人間たちの動きが止まっていた。馬上で何か話し合っているのはわかる。

向こうも、こちらを認識したのだ。

心臓が激しく脈打つ。鼓動が、大きい。

失敗はできない。まるで――ぶっつけ本番。そんな感覚。心の準備はできているつもりだったが、まさか、こんな流れで外の人間と会うことになるとは――

「――――」

「――ょ――殿」

「…………」

「宰相殿っ！」

「！」

ロアの呼びかけで、思考の渦から現実へと引き戻される。

「わたしが下がって、大丈夫なのであるか？」

「え、ええ……、──ええ！　このアタシを誰だと思ってるの!?　最果ての国の宰相、リィゼロッテ・オニクよ!?」

「……わかったである」

リィゼが地面に降り立つと、ロアは後退していった。

ロアが巨狼(きょろう)たちと合流し、ラミアや竜人たちが巨狼たちから降りる。次にハーピーへ呼びかけるロア。指示通り、ラミアたち以外は後退していく。前を向くリィゼ。

（これで交渉の準備は、整った）

人間たちが動き出した。近づいてくる。アーミアたちラミアも、合流してくる。

「宰相殿」

「アーミア、白い旗の準備は？」

「あ──うん、指示通り持ってきた」

白旗を掲げるのは、人間の世界では〝戦意なし〟を示す行為のはず。

今も通用するのか？　あの蝿(はえ)に、聞いておくべきだったかもしれない。

リィゼは大声で呼びかけてみた。が、だめだ。届いていない。距離が遠い。

向こうは遠くで巻き取り式の弓を構えている。弓騎兵だ。

リィゼは先頭に立って、白旗を掲げた。

と、向こうに反応があった。

(弓を、下げた……？　あっ……)

リィゼの胸が高鳴る。

人間側も、白旗を掲げた。

(通じた！)

戦意がないことを、わかってくれたのだ。

人間たちから目を逸らさず、リィゼは手で押しとどめる動きをした。

「蛇煌兵団はここで待機していて」

「いや、私だけでもついていく。無防備すぎる」

「無防備に意味があるの！　これは千載一遇の好機なのよ!?　それに、急がないと……ッ！　幸い彼らとジオたちは、まだ遭遇していないみたい！　早く交渉をして、ジオたちに戦う必要がなくなったと伝えないと……ッ！　手遅れになる！」

「交戦していないのも、妙に思えるが」

「……何が言いたいの？」

「こうも……考えられないか？」

珍しい。アーミアの手が、かすかに震えている。

「ジオたちは……もうすでに、あの人間たちがここへ来る途中で――」

「最初から最悪を考えないで！　しっかりなさい、アーミア・プラム・リンクス！　まだそうと決まったわけじゃないでしょ!?　まずは、人間を信じるの！」

「リィゼ……多分、私は許せんぞ？　もし人間たちが、ジオやキィルを殺していたら――」

リィゼがアーミアの頬を叩いた。

「しっかりして！　だとすれば、余計に交渉が必要でしょ!?　ジオたちとアタシたちは違うと、急いで説明しないと！　彼らは決定に従わず勝手に国を捨てて出て行ったと、真摯に説明するの！」

「……私も、宰相殿の隣に――」

「アタシ一人だって言ったでしょ!?」

リィゼは回れ右をして、深呼吸する。

大丈夫。向こうも白旗を上げたのだ。戦意はない。

交渉の土台を、作れた。

旗を持ったまま、リィゼは歩き出す。向こうからも一騎、騎兵が近づいてくる。

他の者と明らかに装いが違う。位の高い人間だと思われる。

あれがいわゆる〝貴族〟だろうか？

互いの距離が数ラータル（メートル）というところまで来る。

さらに距離が近づき――ついに、相対した。

相手は馬上にいるため、リィゼが見上げる形になる。

馬にまたがった男は兜を被っていなかった。他の者より武装は軽そうに見える。

濃い栗色の髪をした整った顔の男。

やや垂れ目がちだが、目つきと合わせて男前と言えた。目鼻立ちもくっきりしていて気品も感じられる。年は20後半～30前半くらいだろうか？

ジオほどではないが、体格がいい。

「失礼しました。馬上からというのは、失礼にあたりますね」

穏やかな調子で言って、男は下馬した。

男は白旗を馬の鞍に固定すると、上品に一礼したのち、名乗った。

「わたくしの名は、ミカエラ・ユーカリオン。アライオン王国、ユーカリオン家の次男でございます。そして――アライオン十三騎兵隊の総隊長、及び、第一騎兵隊の隊長を務めております。さて……白旗を掲げたことから、ただの魔物とは見えませぬ。そして貴方は金眼でもない。最果ての国の者とお見受けいたします……いかがでしょう？」

リィゼはホッとした。柔らかな物腰。そのおかげか、大柄でも威圧感はない。

しかもわざわざ下馬する気遣いまで見せてくれた。優しい人間なのだろう。

「アタ――わたくしは、最果ての国で宰相を務めておりますアラクネ……リィゼロッテ・オニクと申します。まずはこちらの掲げた白旗の意図を汲んでくださり、ありがとうございました。……いかがなさいました？」

戸惑いを見せるミカエラ。

「あ、いえ……これほど流暢に、しかも上品にお話しになるので……失礼ながら、少し驚いてしまいまして。しかも、お美しい……」

思わぬ賛辞に、リィゼはサッと頬に熱が灯るのを感じた。

（いけない）

あまり言いくるめやすいと思われるのは問題である。

ミカエラが、慈しみすら覚える微笑みを浮かべた。

「ハーピーの伝令を、寄越されたでしょう？」

「え？　あ、はいっ」

「そのハーピーから交渉の話を伝えられ、ここへ参ったのです。貴方がたが戦いによる解決ではなく、交渉での解決を望んでいると。それを知って、急いでここへ駆けてきたのですよ」

「そ――そうだったのですねっ」

届いていたのだ。

と、リィゼはそこでミカエラの様子が気にかかった。

「…………」

「ミカエラ殿？」

ミカエラの視線がリィゼを通り越し、リィゼの後方を見ている。

「あれは……ラミア、ですか？」

「そうです。ああ、ご安心を……彼女たちは、凶暴ではありません」

「武器が見えませんね？　ひょっとすると、魔導具による攻撃術式をお使いに？」

「いいえ、彼女たちにはあえて盾しか持たせていません」

「ぶ、武装していないのですかっ!?」

ミカエラは頓狂な声を上げ、再び戸惑った反応をする。

こう見えて案外〝ウブ〟なのかもしれない。ちょっぴり、可愛らしいと感じた。

「あえてです。人間と交渉する際、こちらに戦意がないことを信じていただくために。わたくしたちは武器も使いますが、それらはすべて置いてこさせました。攻撃的だと誤解されかねない魔物も……」

リィゼはいかに自分たちが〝非戦的〟であるかを説明した。

ジオたちが国の決定に背を向けた裏切り者であることも、説明した。

純真な生徒のごとく相槌を打ちつつ聞き終えたミカエラは、

「なんと、そうまでして……そして驚きました。これほど聡明な方が最果ての国におられたとは……リィゼロッテ殿」

ミカエラがリィゼの前まで来て、手を差し出した。握手を求めているのだ。

リィゼは、彼の手を握った。すると、ミカエラは真摯な目でリィゼを見た。

そして、力強く握り返してきた。

自分は間違っていなかった。強くそう思えた。

あの蠅は彼らは信用ならないと決めつけていた。

しかしそれは、あの蠅にとって彼らが邪魔だったから。

危なかった。

危うく口車に乗って、取り返しのつかないことになるところだった。

リィゼはあごを上げ、微笑む。

「人間の方とこうして手を取り合える日を、ずっと夢見ておりました」

「はい……正直、私も驚いています。最果ての国に住む貴方たちが、まさか――」

ミカエラが目もとを緩め、微笑み返す。

「ここまで底抜けのバカだったとは」

「――――――」

（…………………………………え？）

今、ミカエラはなんと言った？　底抜けの――

ガッ！

「きゃっ!?」

リィゼは、押し倒された。恐ろしいほどの力で地面に押しつけられる。

ぐぐっ、と太い腕で力が込められているのがわかった。

背筋に寒気が走る。離れたところから「宰相殿！」と、アーミアの声。

「ミ、カ、エラ、殿――なっ……な、何をっ……ぐっ、苦――しっ……」

今、自分の身に起こっていることを認識できない。

認識が、追いつかない。頭が、働かない。

え？　何？　何が起こってるの？　アタシ今、何をされてるの？

ミカエラ殿？　優しい人間が？　え？　なんで？

どうして？

無感動な瞳で、リィゼを見下ろすミカエラ。

怖い、と思った。

ミカエラが手を上げる。何か、合図をした風に見えた。

地を打ついくつもの蹄の音。騎兵隊が、近づいてくる。

「それ以上近づくな、そこのラミア。そこから少しでもこちらへ近づけばこの宰相を殺す」

あれだけ穏やかだった声が一変し、今や恐ろしいほど冷酷な調子。

ゴソゴソ……、とリィゼの身に着けているものを探るミカエラ。

「これか？……これだな」

鍵。銀の扉を、開けるための。

「これがあれば、第六騎兵隊を呼びにやらずともいい。あの連中め……神獣を自分たちの隊の所有物のように扱いおって。だがこれで、あの神獣はもう必要ない」

リィゼは、過呼吸のようになっていた。が、どうにか抑えて話しかける。

「ミカ、エラ……殿っ！」

「ん？」

「誤解、が……何かきっと、誤解……」

「誤解していたのは、おまえ一人であろう」

「なかなか話し込んでいましたな、ミカエラ様」

追いついてきた騎兵隊の一人がミカエラに話しかけた。

「こやつら、思ったより人間らしく振る舞うらしい」

「おや、あっちはラミアですか？　なかなか別嬪ですな」

「おまえはラミアの方が趣味か？」

「いえ……」

リィゼは下卑た視線を感じた。肌が、粟立った。

「下が蜘蛛というのも、なかなか悪くありませんな」

「人間の女にはもう飽きたからな。次は亜人を味わってみたかった。ゆえにこの任務、快く引き受けることができた」

「特に相手が人もどきとなれば、気遣いは無用ですからなぁ。人間相手よりは我々も心が痛みませぬ。あれもこれも、きっと容赦なくできますぞ」

「こういう人間味の残る種族は今や貴重だ。そういう意味では、最果ての国は宝の山かもしれん」

リィゼは衝撃を受けていた。彼らの話す内容に。

だけど、気を強く――持たねば。

「は、話し合いましょう！　話し合えばわかるわ！　言った通り、あなたたちはアタシたちを誤解している！　最果ての国に住む者は皆、まともな者ばかりよ！　まだ間に合う！　アタシは、今なら水に流すから！　お互いを知り合えば、必ず手を取り合える！」

「性交できるのか？」

「――――、…………え？」

「性交できるのかと、聞いている」

「な、何を……」

何を、言っているのだ？　この、人間は。

「アラクネと人間の性交……交尾だ。できるのかと、聞いている」

「まっ……何……何を、アンタは一体何を言って――ぶっ!?」

上から体重を押しつけたまま、ミカエラがリィゼの顔面を殴りつけた。

「もう一度、聞く」

ツンとした痛みが、鼻に走る。

「たとえば――私とおまえは、性交できるのか？」

プツンッ、とリィゼの中で何かがキレた。

「――ふ、ふざけないで！　アンタ自分が何言ってるかわかってんの!?　どきなさい！　さあ早く！　アンタじゃ話にならない！　もっと、まともな相手と――ぶぐっ!?」

再び、顔面を殴ってきた。立て続けに、拳が振り下ろされる。

「がっ、ぶっ――ちょ、待っ……がっ！　一旦、やめ――ぶっ、……ごっ!?　アン、タっ――がふっ……ごっ！　ふざ、け――ぶぐっ！　いい、加減に――ごぶっ!?　ごっ……ッ!?　がっ、ごふっ——ぶっ!?　がっ……ッ!　や——」

殴打が、止まる。

「……やめ、て」

「………」

「も、やめて——くださいっ……やめっ……ぐすっ……ごめん、なさい……だからも……殴ら、ないでっ……うぇぇ……もう、やだ……いやぁぁ……っ」

「もう一度だけ聞く。できるのか?」

顔中を涙と血でくしゃくしゃにしたリィゼは、精一杯、身を縮めようとする。

「わかり、ません……したこと、ない——から……ごめんなさいぃ……殴らないで……」

完全に怯(おび)えた状態で、リィゼは嗚咽(おえつ)まじりに懇願する。ミカエラは、細く息をついた。

「何が宰相だ。使えぬグズ。まあいい、私が飽きるまでは慈悲で飼ってやる。光栄に思え」

瞬間——音が、鳴った。とても、大きな音だった。

(音、玉……?)

「合図か?」

「宰相殿を……リィゼを、解放しろ」

アーミアの声。

「おまえは、脱げ」

「……なんだと？」

「亜人ごときが己の意思で着飾るなどおこがましい。すべて、脱げ」

「きさ、ま……ッ」

ヒュッ――キィン！

一本の矢が、アーミアの盾で弾かれた。弓騎兵の一人が放ったらしい。

「驚いた。あのラミア、防ぎましたぞ」

「知識でしか知らんが、おそらくさっきのは音玉だな。多分、仲間に合図を送った」

「後方に控えている仲間に交渉が決裂したと伝えたのでしょう。武装した人もどきや、おぞましい魔物どもが出てきますぞ。ここからが、本番ですな」

「この宰相、人質に使えるかもしれん」

「しかし、くくく……」

「どうした？」

「いえ……人もどきごときが〝宰相〟などと……あまりに哀れ、滑稽で……」

「同意する」

リィゼは何も、反論できない。何も。怖いから。

が、一つだけ。

嫌な予感がとぐろを巻いて。耐えられなくて。つい、聞いてしまった。

「でん、れ……」

「ほう、まだ減らず口を叩けるのか」

「……で、伝令は……どう、なったんですか……」

「矢で射殺したに決まっている。あそこまで危険がなく無抵抗とわかっていれば、捕えて楽しみたかったのだが」

「うぅ……ぐすっ……」

（ごめんなさい……全部アタシが……アタシが……）

「ああそうそう、ミカエラ様。最後列の方へ、伝令が来ていたそうでして」

「伝える価値のある情報か？」

「第六騎兵隊が遭遇したという豹人どもは壊滅状態。数匹、まだ逃げているそうですが……ただ、群れの統率役と思われる巨体の黒豹はもう始末したそうです」

「！」

（そん、なっ——ジオ……ッ!?）

「その豹人は頭部を切り離したと。仕留めたのが第六ですので……頭部は、ヴィシス様への献上品にでもするのでしょうな」

「うぅ……ぐすっ……うぇぇ……」

（ジ、オ……、ジオっ――）

「その前の伝令で報告されていたケンタウロスの群れの方は？」

「そちらも、ほぼ壊滅状態まで追い込んだとのことです」

「ちっ、第六騎兵隊め。やはり、しっかり働きおる」

「ただですなぁ、かかか……」

「なんだ」

「そのケンタウロスのメスですが、なかなかの美貌ぞろいとのこと。できる限り、捕える方向で動くとのことです。ああ、こちらも統率していた青い肌のケンタウロスは捕えたと……後ろ脚を二本、切断したそうですが」

「！」

（キィル！　う、嘘……そんな、そんな……キィル――ッ！）

ミカエラが舌打ちする。

「第六の連中め。この私へうかがいも立てず、勝手なことを」

「楽しみを先に奪われましたな」

「となれば、どうにか……」

前方――遥か先を、鋭い目つきで射抜くミカエラ。

「我々が先に最果ての国へと入り、第六の者たちに上玉を奪われぬようにせねば。ゆくぞ……まずはあのラミアどもを捕える。この場で犯したい者は試してみるがいい。ああ、あのフェイスヴェールをしている上玉は私の――、……ん？」

ミカエラが振り向く。

「なんだ？」

後詰めとして最後方に待機させていたと思われる騎兵隊。

その辺りが、騒がしくなっていた。

「……？」

目を強くつむり、開く。リィゼの滲んだ視界が、透明度を増した。

（騎兵隊が……蹴散ら、されてる？）

「人もどきの生き残りが、捨て身の突撃を仕掛けてきたか」

「ですがきゃつらはすでに主力を欠いております。死にぞこないの、烏合の衆ですな」

「敵の不意打ちが成功したようだが……長くはもつまい。愚かな。捻り潰せ」

近くにいる数十騎の騎兵たちが槍を手に転進し、構えを取る。

「――待て」

ミカエラの声が、硬さを増した。

「なんだ、あれは」

黒い影が、近づいてくる。

明らかに一人だけ大きい。咆哮。その咆哮は、ここまで届く。

「おい、あれは――」

「報告にあった、豹人の群れの統率役……？」

「殺されたのは、替え玉か？」

「……ありうるかと」

最後列の騎兵隊は、後退していた。押されているのだ。

おそらくこちらと合流しようとしている。

退いてくる騎兵隊の方に、恐怖が蔓延しているのがわかった。

リィゼは、見た。逃げてくる騎兵の背後に跳躍した――その黒い影を。

二本の黒い巨刀を振りかぶった、最強と呼ばれた黒豹の姿を。

「う、うわぁぁあああっ!?」

背後から襲い掛かる黒豹の方を振り返り、騎兵が絶叫する。

風を斬り裂きながら、轟、と走る剣閃。

騎兵は鎧ごと斬り裂かれ、馬上で真っ二つになった。

死体がぐにゃりと曲がり、馬の腹の方へ垂れてぶら下がる。

「ばっ……バケ、モノっ——」

赤眼をぎらつかせた黒い旋風が奔る。他の黒豹より一回り大きいためか遠近感が狂いそうだ。黒いカタナにしても、あの巨体でなくては扱えまい。

大きな黒き豹人——ジオ・シャドウブレードが、次々と、騎兵隊をなます切りにしていく。

自然と、リィゼの目に涙が溢れてきた。

（じ、ジオ……ッ！　生きてた！　ジオ……ッ）

ミカエラが無表情のまま、青筋を立てる。

「報告と違うぞ。殺すぞ」

「て、敵の策かと！　我々を、ゆ、油断させるための！」

「第六ども——第六騎兵隊は、何をやっている？　ちぃ……」

ミカエラがリィゼの身体を踏み、足裏で押さえつける。

「う、ぐ……ぅ——」

今のリィゼはどのみち身体が強張って動けない。精神的にも、動ける状態になかった。

声を張るミカエラ。

「聞け！　精強なる我が第一騎兵隊よ！　相手は所詮、出来損ないの人もどき！　奇襲がたまたま成功して勘違いしている蛮族どもに、真の戦いとは何かを——容赦なく、見せつけてやるがいい！　まずはあの豹人を血祭りにあげろ！　殺すのに貢献した者全員に恩賞を出す！　突撃！」

喊声を上げ、騎兵隊が突撃していく。

ジオは明らかに一人先行し過ぎていた。他の者はまだ最後列とやり合っていて、追いついてきていない。が——ジオは、止まらない。

「ジ、オ……っ」

リィゼは警告を出そうとする。後ろが追いつくのを待って、と。

が、上手く声が出せない。

「怯まず来るか。あの豹人、厄介かもしれん——弓騎兵、位置につけ！」

谷間の一本道。

道の両脇は岩壁——切り立った崖になっている。

両脇の崖の上に、弓を持った騎兵隊が現れた。

伏兵。別の道を使って、あそこまで移動させていたのだ。

リィゼもその地形を頭に入れてはいた。確かに、そういう戦術を取れる地形にはなっている。が、リィゼははなから戦う気がなかった。

伏兵など仕込んで看破されれば、それこそ交渉はご破算になる。

仕込むなど、ありえなかった。

「突撃する騎兵隊と接触する前に、あのケダモノを射殺せ。これで終わりだ」

弓騎兵が矢を引き絞る。彼らは一斉に、迫るジオへ狙いを定めた。

「……どう、して」

「ん？」

「アタシ、たちは……こんなにも、戦う気がないと……示した……示し、ました……」

「ふむ、まだそのような世迷いごとを？　救えぬガキ。どこまでも笑えるぞ、おまえ」

「う、うぅぅ……ぐす……」

わからない。ただ、やれなかった。

自分には、やれなかった。

過信、だったのだろうか――いや、過信だったのだ。

間違っていたのは、自分の方。蝿(はえ)の――蝿王(はえおう)の言葉こそが、正しかった。

だけど、もう遅い。手遅れだ。

「ぐあぁ!?」

「何ごとだ!?」

ミカエラが崖上を仰ぐ。崖上から、次々と上がる絶叫。

「？」

リィゼの位置からでも見えるところに〝それら〟が、姿を現した。

「ぁ――」

「ざぁんねん。ここは、私たちが制圧させてもらったわ」

弓を構えた、キィル・メイル。

並び立つように、弓を構えたケンタウロスたちが現れる。

「キ、ィル……」

「ほ、他の――」

怒りにその身を震わせたミカエラの髪が、逆立つ。

風のせいだろうが、それは怒りによるものに見えた。

「他の騎兵部隊は、何をしているぅぅううう!?　くそ！　所詮はごろつきどもの寄せ集めか！　地上にいる弓騎兵、崖上を狙――なっ!?」

信じられぬものを見た。

そんな具合に、ミカエラが停止した。

劣勢。

ジオに突撃していった騎兵たちが、劣勢に陥っている。

たった、一匹に。

「ひぃいい!?　なんだこいつ!?」「し、死にたくない！」「バケモノだぁあ!?」「勝てるわけがねぇ！」「転進！　てんしぃぃいいん！」

最後列からこちらへ退却してきた騎兵たちが、再び、馬を翻す。

と、騎兵の一人が疑問をぶつけた。

「で、ですが引き返してもあちらには他の豹人(ひょうじん)どもがいます！　ご覧ください！　まだ豹人どもは、あんなに数が残っています！　一方の我々はもう、これだけしかっ……、――っ！　グラン殿ぉ！」

先ほど転進と叫んだ騎兵の背後に――黒き影。

光る、深紅の眼。

恐ろしいうなりを立てる黒刃が、水平に振り切られた。

すると馬の首ごと――騎兵が、上下真っ二つに断裂。

赤い血を浴びに浴びたジオが、口を開く。くぐもった低い唸(うな)りの後、

「殺す」

その一声が発せられると一瞬、血の気の引くような沈黙があって――

もうどうなろうと構うまいと、騎兵隊は、総崩れとなって逃亡を開始した。

来た道を引き返していく。

崖上からは容赦ない矢の雨、そして、攻撃術式が浴びせかけられる。

第一騎兵隊は、すでに完全な潰走状態に陥っていた。

「待て貴様らぁ！　逃げるなっ！」

ミカエラが呼び止めるも、恐怖に駆られた騎兵たちは止まらない。

「ぐっ……なんだ——なんだ、これは……ッ！」

「み、ミカエラ殿」

取り残された形になったのはミカエラと、副長と思しき男。

ミカエラは背後——最果ての国の方角を振り返る。

ラミアたちが、集まっていた。

「……しまった」

ぎりっ、と歯ぎしりするミカエラ。

「進むべきだったのだ……盾しか持たぬ、あのラミアどもの方へ突撃すべきだった」

「ミカエラ殿！　そのアラクネは使えるはず！　人質になりますぞ！」

「はぁ？　なるわけないでしょぉ？」

冷淡な声が頭上から浴びせられた。侮蔑的な目で、キィルがこちらを見下ろしている。

副長が口角泡を飛ばし、キィルに叫ぶ。

「こ、この者は——おまえたちの宰相なのだろう!?　殺されたくなくば——」

「はぁ？　聞いてないわけぇ？」

「？」

が、ミカエラの方は理解している顔をしていた。

「……失念していた。このアラクネ、人質としては役に立たん」

「なぜです!?」

「私は先ほどこのアラクネの口から聞いている……あの者たちは、このアラクネに反発して国を捨てた者たち……あの者たちにとってはむしろ、死んでくれた方がよいはず」

そういえば先ほどジオたちについて軽く説明をしていた。

ミカエラがキィルを見上げる。

「でなければ……あんな冷たい表情で、このアラクネを見はしまい」

「その通りよ？　私たちはそこの自分の力を過信した宰相くんのせいで、こうして予定外の戦いを強いられることになったの。救う意味なんて、ない」

ヒュッ！

「ぐあ――ぁ……、――」

キィルの放った矢が、副官の眉間を貫いた。

そしてキィルは、感情の失せた目と声でミカエラを促す。

「さ？　殺したいならどうぞ？　無意味だけど」

「ぐ、ぅぅっ……」

脂汗を滲(にじ)ませ、ミカエラがアーミアたちの方を見る。

ミカエラはさらに振り返る。彼らの来た道には、刃から血を滴らせた血塗(ちまみ)れのジオ・

シャドウブレード。それはまるで、殺気そのものが立ちはだかっているかのような凄絶な姿で。

「蛮族、どもがぁ……ッ」

「で、どうする？」

左右に黒刀を広げ、ジオがミカエラに尋ねた。

「おまえは大将格なんだろ？　捕虜を望むなら、考えてやらなくもねぇが」

ミカエラが目にしたのは、第一騎兵隊の夥しい数の死体。

遠くで、息のある騎兵がとどめを刺されているのが見える。

もはや全滅と呼んでもよいくらいの、壊滅状態。

ミカエラはギリギリと、歯を軋ませた。

「獣、風情ぇぇがっ……このミカエラ・ユーカリオンに、そのような――」

刹那――崖上から、黒い影が躍り出た。

「なっ!?」

ケンタウロスたちの間を縫って飛び出した二つの黒影。

巨なる灼眼黒馬に騎乗した蝿騎士装の女。

黒馬はあの高さから、なんともなさそうに着地した。

そして今、ミカエラの脇にやはり平然と着地した者がもう一人——

「お、おまえは……一体……」

「我が名は、ベルゼギア」

蝿王装の男、であった。

「ご安心ください……我々蝿王ノ戦団はあなたの味方です。ギリギリで間に合ったようですね。お助けにまいりました、第一騎兵隊長——ミカエラ殿」

5. underhand

ミカエラが、ピンときたという顔をした。

「その蝿王装、ベルゼギアという名……まさか、貴様は——」

「我々のことは、ご存じのようですね」

「で、では!?　その、蝿騎士装の者はっ」

「セラス・アシュレインです」

「そ、その者が……あの有名なっ——」

刹那——ジオが落ちていた騎兵隊の槍を拾い上げ、投擲。

が、馬上のセラスはその槍を剣で弾いた。驚嘆するミカエラ。

「あ、あの速度の投げ槍を……あんなにもあっさり……」

「先の魔防の白城での戦いからおわかりのように、我々は大魔帝を討つべき敵とみなしています。そして神聖連合——特に、アライオンの女神の思想に強く共感しております」

「つまり……」

「先ほどお伝えした通り、我々はあなたの味方にございます」

「おぉ!?　い、いやしかし……助太刀はありがたいが、この状況では……」

「おや、ご存じではありませんか？　我々はあの白城の戦いにおいて人面種だけでなく、魔帝第一誓すらをも倒してのけました。それに比べれば――」

フン、と鼻を鳴らす蝿王。

「この程度の有象無象など、相手にもなりませぬ」

「おぉ！　なんと、心強い！」

ミカエラの瞳に希望の光が灯った。と、蝿王がリィゼにてのひらを向ける。

「【麻痺性付与（パライズ）】」

「？　あ……え？」

（あ、れ……？　まったく身体が……動かない？）

「い、今のはなんだ……？」

「呪術です。今の呪術には麻痺の効果があります。状態異常系統の術式と性質は似ていますが……効果は、雲泥の差。それより――あのアラクネ、人質として役に立ちましょう」

「いや、残念だがベルゼギアよ……ならぬ。あの者は、そこの豹人やケンタウロスを――」

「いいえ、それが彼らの策なのです。いかにも人質として価値がないかのように見せかけ、人質として利用されないよう……演技を打っているのです」

「！」

「ゆえに――あのアラクネの宰相は、人質として十分役に立ちます」

「な、なぜそう言い切れる……？」

「数日前まで、ワタシは最果ての国におりました」

「なんだと!?」

「彼らに友好的である振りをして、内部を探っていたのです」

「な、なんと……」

「今、彼らの国を支えているのはあの宰相と言っても過言ではありません。つまり、彼らにとってあの宰相を失うことは、今後の国の運営にとって大打撃なのです」

「そうであったか……ちっ、人もどきどもめ！　このミカエラ・ユーカリオンに、つまらぬ策を講じおって！　許さぬ！」

「……何かおっしゃりたいようですね、リィゼ殿？」

「——アン、タぁぁあああ!?　え？　しゃべ、れる……」

「しゃべれるように、呪術を一部弱めました」

　キッ、とリィゼは蝿（はえ）を睨（にら）みつけた。が、こぼれ落ちてくる。涙が。

　憎くて、悔しくて。

「これが……アンタなりの、アタシへの仕返しってわけ!?　こんな、こんなのっ……」

「五月蝿（うるさ）いですね。やはり、黙らせましょう」

「こ……、——の、ぉ……」

なぜかまた、まともにしゃべれなくなった。呪術とやらを強めたのだろう。

「おっと――ジオ殿も、キィル殿も、アーミア殿も……どうか動かぬよう。いらぬことをすれば、ワタシはリィゼロッテを容赦なく殺す」

「ぐっ……」

誰一人、動けない。

言いたい。伝えたい。

〝私のことは気にせず彼らを倒して〟と。

「申し訳ありません、ミカエラ殿」

「な、何がだ？」

「助けに入るのが遅くなってしまいました。第一騎兵隊の機動力……この岩場ばかりの地形でも見失うほどで。追いつけず、捜すのに手こずってしまったのです」

「よ、よい！　そのようなことはよい！　私の第一騎兵隊が、特別だっただけの話！」

「しかしご安心を……機動力でこそあなたの騎兵隊に劣りますが、我が呪術は強力無比……この程度の数などなんの造作もございません。この場はすでに掌握しました。我々を圧倒的多数で取り囲んでいるはずの蛮族どもがまったく動けない……それが、掌握できている証左です」

「け――」

感動に打ち震えるように、ミカエラが言った。

「形勢、逆転」

歪(ゆが)んだ笑みを浮かべ、目を血走らせている。

笑みが、ざまあみろと言わんばかりの大笑に変化していく。

「今どんな気持ちだ汚らわしい獣ども!?　いいか、覚悟しておくがいい……ッ！　思いつく限りのこの世で最もおぞましい殺し方で、おまえたちを凄絶な拷問の果てに殺してやる！　見世物にしてやるぞ！　メスたちには巨大娼館(しょうかん)を用意してやろう！　だが扱いには期待するなよ!?　どんな残酷な行為でも許される拷問用の娼館だ！　さぞ人気になるだろう！　子はいるか!?　いる者もいるだろう!?　子の前でおまえたちを拷問してやる！　おまえたちの前で子を拷問してやる！　今さら後悔しても――もう遅い！　ざまぁみろ人もどきども！　ざまぁみろ！」

「……ところで、ミカエラ殿」

ミカエラは恍惚(こうこつ)として、肩で息をしていた。

「はぁ、はぁ……はぁ……うむ、なんだ？」

「このような時ではあるのですが……いくつか、この場で迅速に把握しておきたいことがございます。この後の動きのために」

ミカエラは余裕を取り戻した様子で、

「ああ、なんでも聞くがいい。そなたはすでに、我が同志なのだ」

蝿王は、手短に質問を重ねていった。

ただ、リィゼは一つの質問に――微妙な引っかかりを覚えた。

ごく微細な違和感。他の質問と、何かが違う。が、ミカエラに気にする様子はない。

「ダークエルフの集落の……シャナティリス族？　そのダークエルフどもの集落が、どうかしたのか？」

「実はワタシと過去に因縁のある部族でして……必ずや、いつか復讐を果たそうと考えていたのです。しかし彼らは、聞けばどうも殺されたというではありませんか。そして、その殺した者たちがどうやらアライオン十三騎兵隊にいる……そんな風の噂を耳にしたのです。何か、ご存じではありませんか？」

と、ミカエラは黙り込んだ。何やら悔しげな様子である。

「……その話、知っている」

「ミカエラ殿にとってご不快な話題でしたら、謝罪いたします」

「いや、この窮地を救ってくれた者の頼みだ。不快な話題ではあるが、教えざるをえまい

……やつらはその話を、何度か私の前でしている」

「やつら、とは？」

「――第六騎兵隊だ。当時殲滅に参加した者も、ほぼ全員残っているはず。あそこは隊長

のジョンドゥを始め、我ら十三騎兵隊の中でも少々異質でな……」

「――ご安心を。因縁のあったシャナティリス族を殺した彼らに、感謝の気持ちはありません。が、ワタシが彼らに肩入れすることはございません」

「そ、そうか？」

「ふふ、何をおっしゃいます。彼らは所詮ごろつき上がり。ですがあなたは、由緒あるライオン貴族の血を引く男ではありませんか。どちらに肩入れするのが賢いかは、火を見るより明らかかと」

「賢いのだな、おまえは」

「おまえは、底抜けのバカだがな」

「…………え？」

（…………え？）

思わずリィゼは、ミカエラと同じ反応をしてしまった。

今……ベルゼギアは、なんと言った？

フン、と蝿王が鼻を鳴らす。

蝿王が足払いをした。

呆然（ぼうぜん）としているミカエラが転び、尻餅をつく。

倒れたミカエラはやはり、目を丸くしたままで――

「【パラライズ】」

「！　な、に――を……!?」

「とりあえず欲しい情報は、得られたんでな」

蝿王の雰囲気が。

口調が。

豹変（ひょうへん）した。

蝿王はミカエラを足蹴にすると――無慈悲な声で、言った。

「もう用済みだ、てめぇは」

◇【三森灯河】◇

敵をただ潰せばいい。

ただ殺せばいい——困難な時もあるが、それは簡単とも言える。

難しいのは、考えを変えさせること。

特にリィゼのように過信が過ぎる場合は、困難を極める。

七煌を集めてほしいとゼクト王に頼んだ時、俺が見極めたかったのは宰相の考えを変えられそうかどうかだった。が、あの時点で変えるのは困難と判断した。

変えられるだけの材料もなかった。

時間をかければできたかもしれない。たとえば、半年とか。

が、十三騎兵隊がいつ来るかわからぬ状況で。かつ、俺もそこまで長居しない。

時間はなかった——となると、荒療治しかない。

考えを変えさせるのは無理と判断した俺は、土台となるプランを即席で練った。

同時に四戦煌の戦力を把握——あの〝手合せ〟である。

最悪、ジオだけでも手合せの場に連れ出したかった。

しかし、幸い全員が参加し、予想より多くの情報を得られた。

四戦煌の強さや性格、関係性をあれで多少把握できた。

誰がリィゼ案に票を投じるかも、そこで見極めたかった。

その時に持ちかけられたのがジオからの相談である。

あの日の夜、俺はジオの家を訪ねた。

ここで俺は、最果ての国におけるリィゼの有用性を知る。

ジオの想いも。また、ジオの〝考えてること〟も知った。

彼は投票で負けた場合、こっそり外へ出て十三騎兵隊を先に潰すつもりだった。

自らの兵団を引き連れて。

持ちかけられた相談は、俺もそれに参加してほしいというものだった。

ここで俺は、さらなる案を練り始める。

案としては悪くない。その案に、キィルはおそらく乗る……。

が、問題はリィゼである。

ジオの案を決行した場合、リィゼは憤慨するだろう。

交渉前に戦端を開いてしまうからだ。

〝せっかく話し合いで解決できたのに、ジオたちが台無しにした〟

交渉開始前に十三騎兵隊を始末した場合、ジオたちとリィゼの間には大きなしこりが残る。リィゼも仲間への不信感が強まるだろう。

例の〝アラクネが国を捨てて出ていく〟案も本気で実行しかねない。

が、ジオはリィゼの存在はこの国にとって重要だと考えていた。
彼はリィゼと意見が合わないが、邪魔だとは思っていない。
また、俺の方の都合で言えば最果ての国の弱体化は避けたい。
当面ニャキが住むであろう国だからだ。
リィゼやアラクネが有能なら、できるだけ排除はしたくない。
さて、これらは何を示しているのか？
仮に多数決で〝戦う〟と決まったとしても、リィゼは納得しない。
心変わりしないだろう、ということだ。
戦う方に決まった場合、彼女は他の四戦煌に失望するだろう。
アラクネを率いて国を出ていくことも、やはりありうる。
十三騎兵隊の脅威を乗り切っても、アラクネたちは去る。
最果ての国は貴重な人材を失う。
リィゼロッテ・オニク、もしくはアラクネたちを失ってはならない。
この条件を、クリアしなくてはならない。
何をするか？
多数決の結果を——操作する。
戦うのではなく〝話し合いによる平和的解決〟に、決定させる。

ジオの家を出た後、俺は早速そこで動いた。

アーミアの家を訪ねたのだ。

リィゼの姿はなかった。が、アラクネの尾行はついてきた。

俺は監視を知った上で、アーミアを訪ねた。

一時間ほど前にリィゼに説得されていたらしい。

内容をアラクネに聞かれぬように気を払い、俺は自分の考えをアーミアに説明した。

この時は、アーミアに断って普段の話し言葉に戻した。

最初は違和感があったようだが、アーミアもすぐ元の話し方に慣れてくれた。

△

「ふむ……では、私は宰相殿の方へ票を投じればいいんだな？」

「多数決では、リィゼに勝ってもらう」

「この件、ジオは？」

「説明してある」

「ふーむ、要するに大掛かりな手で宰相殿を嵌めるわけかぁ……」

「あんたには拒否権がある」

「……いいや、どのみち私も戦う方へ投じようと思ってたしなぁ」

「子のいる母ラミアのために、非戦側に票を入れると思ってたが……」

「なんだそんな事情も知ってるのか。いやいや、しかしベルゼギア殿……我らリンクス族を舐めてもらっては困る。その子らを守るために、彼女たちは剣を取るのだ」

「リィゼの言ったように、十三騎兵隊が鬼畜である証拠は示せない。俺があんたたちの戦力をあてにしてるのも事実だ。それでも、戦う方を選んでくれるのか？」

「何より、仲間がな」

「仲間？」

「キミの仲間たちだ。セラスに、ニャキに、スレイに、ピギ丸……」

「ピッ」

「いや、おまえを呼んだわけじゃない、ピギ丸」

「ピユ……」

「ふふ。キミの仲間たちを見ていて、信じる気になったのだ。あれは愚かな盲信とは違う。あんな風に慕われている者がとても嘘をつくとは思えんのだよ。これで騙されているとしたら、私の見る目がなかった。それまでのことだな、うん」

▽

アーミアはリィゼ側に投票する。

ゼクト王とグラトラは不参加。

あまり内実を知る者が増えると不自然さも増す。リィゼに工作が気づかれる危険性が出てくる。そのため、多数決で動かす手札はジオとアーミアのみにした。

アーミア宅を訪ねた際のアラクネの監視は、問題なかった。

俺が帰ったふりをして様子を窺っていると、監視のアラクネがアーミア宅に入った。

アーミアには〝確かに説得されたが、考えは変わっていない。先ほどあの蠅を追い返したところだ〟のような感じに説明してほしいと、あらかじめ頼んでおいた。

実際、俺も成果が得られなかった空気感でアーミア宅を出た。

アラクネの尾行をまくのは可能だったが、あえてここまで連れてきた。

なぜ？

俺が説得に失敗したのを、リィゼ側に確信させるために。

この時点だと、リィゼの読みでは三対二でリィゼ側が勝つ。こう確信していたはず。

そして多数決当日、実際その通りになった。

アーミアはリィゼ側に票を投じ、非戦案が採用された。

一方その裏で、俺はセラスにさらなる情報収集を頼んでいた。

グラトラからセラスは各兵団の情報を得ていた。俺は俺で、ジオから同じ情報を得ていた。互いに未取得の情報を、俺たちはすり合わせた。

ジオは投票後、キィルに俺の案を話した。

案の定、キィルは乗ってきた。

そして多数決の結果が出た翌日、俺は最果ての国を去ると王に告げた。

ちなみに、ムニンにはアーミア宅を出た後で事情を説明しに行っている。

今度は尾行をまいた。俺がムニンに会ったのは、気づかれていないはずである。

ムニンは事情をのみ込み、俺の動きに合わせると約束してくれた。

こうして、蠅王(はえおう)ノ戦団はひと足先に国の外へ出た。

最初に行ったのは地形の把握である。この岩場一帯が戦場となるだろう。

まずは、この一帯の地形を把握しておかねばならなかった。

もう一つは、十三騎兵隊の動向を探ること。

近くまで来ているのなら、先にその動きを知る必要がある。

そこで、ニャキにも頼みごとをしてあった。

〝まだお別れの時じゃない〟

ニャキは知っていたはずだが、出ていくあの日は悲しそうだった。

フリでも、お別れの空気自体が寂しく感じたのだろう。

さて、頼みごとというのは二つ。
一つは外と内との連絡役。
リィゼならまず、交渉相手である十三騎兵隊の捜索を行うだろう。
交渉するなら、相手を見つけねばならない。
つまり扉を開閉する。が、鍵の消費はもったいない。ならばニャキを使うはず。
実際、扉から使者と思しきハーピーが何度か出入りしていた。
ある時、俺とスレイがアライオンの騎兵隊の動きを察知した。
銀の扉のところへ戻り、隙を見てニャキに接触。
到達日の予測を伝え、それをジオに伝えてもらった。
ジオは到達予定日を知り、それに合わせて、兵団と共にこっそり外へ出た。
この際もニャキは扉を開けてジオとキィルを外へ出している。
ちなみに扉付近にいたコボルトたちは、リィゼがすでに配置を解除していた。
最初に見つけた騎兵隊は、他より先行していると思われた。
十三騎兵隊は各隊で規模が違うらしいが、あれ全部で十三騎兵隊とはとても思えない。
その騎兵隊の一団には……どこか焦っているというか、逸っている感じがあった。
何かに負けたくない、というような感じ。
多分その競争意識ゆえ、他の騎兵隊よりも先行してきたのだ。

ともかく俺たちは一度、外へ出たジオたちと合流した。

そして一帯の地理、今後の方針と動きを伝えた。

この時、先行した騎兵隊は休息を入れていた。無茶な速度で駆け抜けてきた上に、この地形である。馬がバテてきたのだろう。

また、休憩中の様子を探ることで〝どんな連中〟かを把握した。

ここで伝令が一騎、放たれた。が、それを俺が襲った。

手に入れたかったのはヤツらの馬と装備。

見張っていた騎兵隊が休憩を終え、動き出した。

休んで元気を取り戻した騎兵隊は、勢いよく先へ進む。

俺はそこで、他の騎兵隊から出された伝令に化けた。

今、こいつらは先行することしか考えていない。

俺が〝誰か〟までは注意を払えない。そう読んだ。

先行している騎兵隊に、俺はこう伝えた。

〝後方の他の騎兵隊が敵の奇襲に遭った模様！〟

〝敵は、武装した豹人（ひょうじん）とケンタウロスの群れのようです！〟

〝ただし、こちらが優勢とのこと！　決着はすぐに着くだろう、とのことです！〟

名もなき無個性。声も振る舞いも多分、なんの印象も残らなかっただろう。

さて、こいつらはどう動くか？

先行している騎兵隊――第一騎兵隊は、

『第六の連中がいれば問題あるまい！　あやつらなら返り討ちにする！　何より、ここで我ら第一騎兵隊の兵をいたずらに減らすわけにはゆかぬ！　我らは、先を急ぐぞ！』

俺は考えた。

ジオたちが消えたのは、今頃リィゼに気づかれているだろう。

となると、リィゼならすぐに外へ出てくるはず。

交渉前にジオたちが戦いを始めればすべておじゃんなのだ。

慌ててジオたちを捜しに出てくる。

この時、身を隠すのが得意な豹人に谷間の道を見張らせていた。

予想通りリィゼたちは、谷間の道へ出てきた。

このまま行くと、あの先行している騎兵隊と鉢合わせになる。

俺は、ジオとキィルたちに指示を出した。ジオたちは姿を隠し、機を待った。

一方の俺は、再び〝伝令〟の姿に化ける。

あとは――待つだけ。アーミアからの音玉（おとだま）の合図を。

タイミングはアーミアに任せてあった。

リィゼに命の危険があると感じたら――ここで呼ぶべきだと思ったなら、アーミア・プラム・リンクスの判断で音玉を使用しろ、と。

交渉時は意地でもリィゼに手が届く場所にいろ、とも事前に伝えてあった。そして〝いざとなったら防御能力に優れたあんたがリィゼを守ってくれ〟と頼んであった。

機を見て、俺は伝令として再び騎兵隊の最後列に接触。

ジオやキィルたちが壊滅状態にあると、偽の情報を伝えた。

これで騎兵隊は後方の憂いがなくなった思い〝後ろ〟を気にしなくなる。

ジオを始めとする――シャドウブレード族たちが身を潜めている背後を。

隠れるにふさわしい地形に配したのもあるが、豹人たちは身を隠す能力に長(た)けていた。

ジオは、感心していた。

『豹人の使い方を、よく心得ていやがる』

当然だ。

最高と呼べる豹人族の戦士と、俺は、魔女の家まで共に旅をしたのだから。

――――音玉が、鳴った――――

『行くぞ』

ジオのそのひと言で、黒豹たちが動き出した。

一方、キィルたちケンタウロス族はその間にこっそり崖上へ移動していた。

敵の伏兵の背後をつくために。

蝿王ノ戦団の出番はおそらくもう少し後。

できれば大将格を残すよう指示を出してあった。

そして、大将格が追い詰められたところで……

さながら窮地を救うヒーローのように、蝿王ノ戦団が颯爽と登場――

味方であると錯覚させ、情報を吐き出させる。

さて……この策の肝は、なんだったのか？

それは――

▽

「リィゼロッテ・オニクに、その身をもって現実を知ってもらうことだった」

経緯を軽く説明したのち、俺はそう明かした。

ミカエラが麻痺状態で何かしゃべっている。が、無視して俺は続ける。

「意固地な考えを変えるにはもう〝体験〟させるしかない。自分の理想が、現実の前に儚くも崩れ去っていく〝経験〟を、させるしかない」

交渉自体がそもそも通用しないのだと――相手が、悪辣だと。当人自身に、

「わからせるしか、ない」

今回は、幸運も重なった。

臨機応変に動く必要はあったが、戦果を求めるあまり先行した第一騎兵隊がいた。

おかげで、他の騎兵隊を一気に相手にせず済んだ。予想よりイージーだったと言える。

ここで潰せたのが第六騎兵隊だったらベストだったが、それは望み過ぎだろう。

「しかし、これでリィゼ――殿の……」

「ぐすっ……いい、わよ……そのままで」

リィゼは項垂(うなだ)れ、べそをかいている。

「話し方、変えなくていいから」

「……考えが変わってないなら、俺の独断であんたを拘束させてもらう。この戦いが終わるまで、一旦おとなしくしていてもらう」

「う、うぅ……」

「ベルゼギア殿、すまん」

謝罪をしたのは、アーミアだった。

「合図が、遅れた」

確かに、合図はもう少し早くてもよかったかもしれない。

アーミアは面を伏せ、こぶしを震わせた。

「面食らって、しばらく放心してしまったのだ……そのミカエラという男の残虐さにな。人間とは、こんな恐ろしいものなのかと……これほどまでに私たちは、遊び道具のようにしか見なされぬ存在なのか、と……衝撃が大き過ぎて、合図を忘れていた。結果、宰相殿もそんなに殴られて……」

「自分を責めなくていい。言ったはずだ。今回の作戦の全責任は、俺にある。戦いの中で起きたことで気に入らないことがあれば、俺を責めろ」

「わかっている。だが――酷だ」

「…………」

「今回の私の役回りは、あまりに酷だったぞ」

「悪かった」

謝罪する。

「あんたの判断力の高さに頼りたかった。四戦煌（しせんこう）の中で防御に長けてるのも、武器を持たずに近くでリィゼを守るのに、適役だと思った。でも、悪かった……確かに、酷な役回りだったな」

「うるせぇよ、蠅王」

ジオが横槍（よこやり）を入れる。

「判断力に優れたアーミアをその役割に推したのはオレでもある。おまえ一人で背負い込むこたぁねぇさ……元々、多数決で負けたらオレは同じことをするつもりだった。ベルゼギアは、オレの計画に乗ったに過ぎねぇ」

後列の騎兵隊が片づいたらしい。豹人たちが、ジオの後方に追いついてくる。

ふん、と肩越しに視線を投げるジオ。

「思ったより手こずったみてぇだな。おまえの危惧は当たってたかもな、蠅王(はえおう)」

「いや……武器で他者を殺すのが初めてだったにしては、よくやれた方だと思う。ただ……今は戦いの高揚感で麻痺してるが、後になってショックを受けるヤツが出るかもしれない。戦いが終わったら、一応ケアはしておくべきだろう」

普通はそうだ。本来なら。

そのあたりの感覚が麻痺してる俺の方が、おかしいのだ。

「……アンタ」

リィゼが俯(うつむ)いたまま、口を開いた。

「アタシが、憎いんでしょ？　憎かったんじゃ……ないの⁉」

「あんたはただ、必死だっただけだろ」

「……っ」

「最果ての国を救いたくて、誰にも血を流してほしくなくて……ただ、必死だった。それがわかってたから、どうも嫌いにはなれなかった。ジオも、あんたを評価してたしな」

リィゼが顔を上げる。顔半分が赤く腫れ、血が痛々しかった。

「ジオ……が？」

「今回の作戦、決め手になったのはジオの評価もある。ジオは……あんたがいなくなれば、国は立ち行かなくなるかもしれないと言った。今後のことを考えてもリィゼロッテ・オニクは、この国に必要だと」

「……アタシ、ジオが殺されたとそこの人間から聞かされて。キィルも捕まって、後ろ足を斬られたって……」

死んでいる副長を見るリィゼ。

「聞いた時、本当に苦しくて……ジオなんか、あんなにいがみ合ってたのに。でも、やっぱりアタシたちは仲間だったんだって……気づいて……でも、今さらもう遅いんだって後悔して……だから、――あり、がとう」

堤防が決壊したかのように、リィゼの目から涙が溢れた。

「生きていてくれて、ありがとう」

ふん、とジオが顔を逸らす。

「んだよ、いきなり……らしくねぇな」

「照れる照れるな、ジオ」

「うるせぇよアーミア。ったく……」

「ふふふ」

リィゼは、泣きながら――笑った。俺は、ミカエラの鞘から剣を抜く。

「で、リィゼ……どうだ？　これでもまだ……アライオン十三騎兵隊と話し合いによる交渉を望むか？」

「……アタシは交渉を、諦めない」

リィゼは涙目のまま、また項垂れた。そして、言った。

「だけど――もう、十三騎兵隊とは交渉しない。ベルゼギア……今回はアンタの意見に従う。アンタ、人間なのよね？」

「ああ」

「ここでアタシは人間を一括りにはしない。人間すべてを、邪悪だと決めつけたりはしない。きっと話し合いで解決できる人間もいるはず……アタシは、やっぱり……」

「それでいい」

リィゼがハッとして俺を見上げる。

「むしろ安心した。要は、相手を見極めろってことだ。自分の能力を信じるのもいいが、疑うことも覚えた方がいい。色んなものを……時には自分自身さえもな」

「……そうする。アタシ、自分の考えがすべて正しいと思ってた。自分なら、なんだって解決できると思ってた……でも、それは……」

銀の扉の方を向くリィゼ。

「あの国の中だけで……そして、みんながアタシを信じてくれてたからで――」

「ここはもう、終わった？」

平然と現れたのは、キィル。

数人のケンタウロスを連れている。崖から下りて、回り込んできたようだ。

あの高さから難なく着地できるのは、俺やスレイだけか。

まあ俺にしても、ピギ丸ロープを使った減速とステータス補正があってこそだが。

「道の出入り口付近には、うちのケンタウロスを配置してあるわ。何かあればすぐ知らせるって。で……うちの宰相くんは無事なわけ、それ？」

キィルが問うと、さらに涙ぐむリィゼ。

「……キィル、ごめん」

「しゃべれるくらいには、大丈夫そうね」

「アタシ、アンタに――」

「私こそ、謝らせてちょうだい」

「？」

「見捨てるようなさっきの発言、あれは演技だったんだけど……悪かったわ。あれはちょっと、さすがのキィル様も言うのきつかったわぁ」

「知ってるわよ。アタシを助けるためだったたって……策士の宰相様を、舐めないで」

いびつながらも、表情を綻ばせるリィゼ。

んふ、とキィルが穏やかに微笑む。が、すぐにリィゼを見て痛々しさに眉を顰めた。

彼女の目が、冷たくミカエラを捉える。

「うちの宰相くんをまあ……派手にやってくれたわね？」

「こいつをどうするんだ、蠅王？」

ジオが聞いた。

「もうこいつは色々知っちまったからな。その時点で、俺はこいつを助けるつもりがない」

俺は足でミカエラの身体を動かし、切っ先を左胸の脇にあてた。

鎧の隙間。このまま突き込めば、心臓まで押し込める。

「よ、せ……大、きぞ、く……身、代金……ひ、と……質……」

「大貴族だから人質になるし身代金も期待できる、か？　いらねぇよ」

「ぐ、ぅ……な、ぜ……みか、た……では？　めが、み……の……」

「女神？　この俺が、クソ女神の味方なわけがねぇだろ」

間抜けが。

「どこまでも笑えるぞ、おまえ」

「たす、け……」

「嫌なもん思い出させやがって、この野郎」

顔を何度も殴打されたリィゼ、あれは――

□

一度だけ。たった一度だけ、聞いたことがあった。

どうしてなのか。わからなくて。

『どうしておかあさんは、ぼくを……いつも、パンチするの？』

『は？　はぁ？　はぁぁあああっ？』

『ご、ごめんなさい――ぎゃっ!?』

『〝どうして？〟だぁ!?　おい何様だトーカおまえぇぇえ!?　むしろあたしの方が聞きたいっての！　なんで自分の持ちもん殴って蹴るのに理由がいるわけぇ!?　はぁ!?　おい……今日は顔いくぞ？　今日は、顔いくからな？　だからしばらく外はなしだトーカぁ！』

『ぎゃっ!?　おかあさん、ごめんなさ――がっ!?　ごぶっ!?』

『泣かねぇからもっとむかつくんだよこいつ！　ほら泣けよ!?　泣け！　つーか、どいつもこいつも理由ばっか求めやがって！　この国のやつら、自分で考えられねぇバカばっかりだ！　うざいんだよ！　こいつ産んだのに理由なんかねぇっての！　理由がなきゃガキも作れねぇ国なのかここは!?　あぁ売れるならこいつ出品してぇ――あ、なんか売れた？　はぁ!?　値下げ交渉ぉ!?　死ね！　トーカ、おまえのせいだろこれぇえ!?』

ドカッ、ガッ、ドッ、ガッ、ゴキッ　ガッ、ドカッ

▽

ゆっくりと、刃を、押し込んでいく。

恐怖を発するミカエラ。

「や……め……」

ミカエラの身体に、刃が、埋まっていく。ゆっくり、時間をかけて。

肋骨(ろっこつ)の隙間から、肺へ。一瞬では、殺してやらない。

刃を、ゆっくり――肺へ。

「リィゼたちに吐いた言葉……娼館(しょうかん)がどうとか、拷問が、どうとか……ろくでもねぇんだよ。貴族だかなんだか知らねぇが、テメェがどんな風に生きてきたか想像はつく。どうしようもねぇクズなんだろ、おまえも。わかるんだよ――同類はな。だから、仲良くしよう

ぜ」

「ご……ぷっ……」

　ミカエラの口から、血が溢れてくる。

「恐ろしいだろ……テメェも、やってきたんだろ？　テメェの身勝手で……こういう、恐ろしいことを……」

「ぐ、ぶ……ご、おうぅ……ぶぷ……」

　血が溢れてまともに呼吸ができなくなっている。

「助かったと思ったら、それがまやかしだったとわかる……おまえ今、絶望的な気分だろ。あっさり裏切られて、コケにされた気分はどうだ？　おまえがリィゼにしたのと同じことをされた気分は、どうだ？」

　マスク越しに見下ろしながら、最後に、言ってやる。

「ざまぁみろ」

　やがてミカエラは、息絶えた。見ると、リィゼは複雑そうな顔をしていた。

「リィゼ……あんたには、この男を捕虜にする考えがあったかもしれない。が、殺させてもらった。俺は殺したかった――俺の、個人的感情でな」

「あんな風に殺す意味が……あったの？」

「さあな」

「…………」

過去の自分と重なると——たまに、抑えがきかなくなる。

無惨に、叩き潰してやりたくなる。

「リィゼ。もしかしたら……さっきのアンタには、俺が目を覚まさせてくれた恩人みたいに映ったかもしれない。が、俺はそんな善人でもない」

実際、今回は運がよかっただけだ。

「あんたたちは囮として機能した。おかげでジオやキィルはこの第一騎兵隊を囲んで叩き潰せた。第一騎兵隊の意識は完全にあんたたちの方へ向いてたからな。キィルたちも、背後を取りやすかった」

戦術面で見ても効果的だった。事実として、豹人やケンタウロスの被害はないに等しい。

「確かに、あんたのことはアーミアに守ってもらうつもりだった。が……最悪、リィゼロッテ・オニクの死もありうると考えていた。あんたが命を落とすパターンも、織り込んであった」

そう。今回はたまたま、上手く運んだだけ。

「最悪、リィゼロッテ・オニクが死んでも他のアラクネが残ればいい。古代魔導具を動かせて、かつ、国の内政をやれる人材が残ればいい。リィゼが相手を見誤って殺されたと伝われば、それはそれで、扉の中の連中に十三騎兵隊が〝話し合いの不可能な脅威〟だと伝えられるからな」

リィゼが面を伏せる。

俺は過剰に悪人ぶるつもりはないが、善人ぶるつもりもない。

今回のやり方だって見方を変えればやはり残酷な方法だ。リィゼにとっては。

俺は、騎乗しているセラスに声をかける。

「セラス」

「はい」

「この谷間の道から出て、スレイと近辺の様子を探ってきてくれるか？」

「かしこまりました」

「わかってると思うが、無茶はするな」

セラスはすぐに動かず、少し黙った。次いで、リィゼをジッと見つめた。

そして躊躇いがちに、声を発する。

「リィゼ殿、一つだけ……あなたがその男に殴打されているのを察した時、我が主はアーミア殿の合図を待たず動くべきかどうか迷っていました。私が、引きとめましたが」

「！」

「申し訳ありません、ベルゼギア様。勝手な真似を」

「……まあ、今する話ではなかったな」

「すみません……私は、今すべき話だと思ってしまいました」

セラスはそう言ってスレイを走らせ、駆け去った。

リィゼが鼻を啜(すす)り、鼻先を手で擦(こす)る。

「……あんたがさっき言ったこと、間違ってはいないわ」

悔しそうに歯噛(はが)みするリィゼ。

「殺し方はともかく……アタシがアンタの立場なら、アタシも同じように考えたと思う……いえ、きっとそうする。要は……救われたからといって、アンタを信じすぎるなって……遠まわしに念押ししてくれてるわけでしょ？」

「解釈は、任せる」

「……素直じゃないのね」

さて、

「まだ敵の勢力は残ってる。数も多いだろうし、厄介な相手もまじってるらしい。本番はここからってわけだ。あんたたちは、このままやれるか？」

「やるしかねぇだろ」

ジオが腕を組む。

「しっかし……おまえも素直じゃねぇな、蠅王(はえおう)。全然、違ぇだろ」

「？」

「おまえは——そこに転がってるミカエラって野郎とは、全然違ぇよ」

「……どうだかな」

「少なくともここにいる連中は、オレの意見に賛成に見えるがな」

糸のような目のアーミアが、人差し指をフェイスヴェールの中へ入れた。

むーん、と指であごを掻く。

「私はその人間が苦しんで死ぬのを見て、ちょっとスッキリしてしまったぞ……うん。私の感性は、ズレてるのか？」

キィルが続く。

「そうねぇ……私もスッキリしたし、今のところ蝿王くんに嫌な感じは持ってないわよ？　蝿王くんの言ってること、そんなに変？　現実的じゃない？　むしろ、その辺がギリギリの妥協点だとキィルさんは思うけど？」

グルゥ、とジオが笑む。

「だとよ」

「……あんたらもやっぱりお人好しだ。相当にな」

「うん？　それは褒めてるのだよな、ベルゼギア殿？」

「アーミアはどう思う？」

「私は褒められて伸びるタチでな、うん！」

「じゃあ、そっちで」

「キミはそういうところちょっとヤなやつだよな、ベルゼギア殿……ッ！」

確かにある意味ちょっとズレてるかもな、このラミアは……。

切り替えが変に早いというか。好感は、持てるが。まあともかく、

「わかってもらえたとはいえ、リィゼは、このますぐ頭を戦争モードに切り替えるってわけにもいかないだろう。だから……」

見ると、やや離れたところ——最果ての国側の道の方に亜人や魔物たちが集まっていた。ラミア騎士は武器を手にしている。アーミアの合図で一度扉の中へ戻って、取ってきたのだろう。四戦煌（しせんこう）のココロニコや竜煌（りゅうこう）兵団の姿もあった。ココロニコはというと、何も知らされていなかったせいか、いまいちまだ状況がのみ込めていない様子である。

彼らはやや離れた場所で、けっこう前から待機していた。

こちらの状況を見て、自分たちはどうすればいいのか計りかねている感じだった。

ジオやアーミアが大声で彼らを呼び寄せる。と、ぞろぞろと寄ってきた。

「リィゼ、あんたは扉の中へ戻って休め。治療もしなきゃだろうしな」

「……アタシも、やる」

リィゼが決意を固めた声で言った。

「やるわよ……国の一大事なんだから。そのための、宰相なんだからっ……この程度の怪（け）

我で、休んでなんかいられないわよっ」

……こいつも大概、切り替えが早い。なんつーか、

「そんなあんただからこそ……ジオも、なんとか救いたかったんだろうな」

「――ッ！　う、うるさいっ！　そんな優しい声で言っても、アタシは騙されないんだから！」

……久しぶりにこういうツンデレってのを、リアルに見た気がする。

「けど、最低限の治療は受けろよ」

「言われなくても、わかってるわよっ……ふん！」

と、急にリィゼがしゅんとなった。

口もとはかすかに緩んでいるが、どこか寂しげでもある。

俺の隣に立ち、彼女はしおらしく言った。

「現実の前だと……理想論を押し通すのって、難しいわね」

「ただ、世の中には……それでも、理想論を押し通して現実と逆転させちまいそうなヤツも、いるにはいる」

リィゼロッテ・オニクが持ちえなかったもの。

自らの有する、圧倒的な戦闘能力。

力なき理想論は無力だが――膨大な力を持った理想論は、時に現実すらのみ込む。

理想論を力ずくで〝現実〟へと変えかねない存在。

『もう誰も、死なせない』

やりかねない存在。あいつなら——十河、綾香なら。

『私——強くなります、誰よりも』

再会してからだろうか。こういう時、いやによぎる——十河のことが。

「ねぇベルゼギア、アンタさ……アタシのこと、不快じゃない？　アタシ、アンタにあんな態度を取って……」

「まさか」

大した時間を共に過ごしたわけでもないのに、追随を許さないあの不快感。

どこぞのクソ女神と比べたら——リィゼなんて、可愛いもんだ。

あれと比較すると、驚くほど不快感がなかった。

「だからこそ、あんたを救う道を模索できたのかもしれない」

「……そっか」

リィゼが数歩前へ進み、

「ジオ、キィル、アーミア、ニコ……みんな」

仲間たちにそう呼びかけ、立ち位置を変えた。

「アタシをもう一度、もし仲間として受け入れてくれるなら……お願い」

リィゼが頭を下げる。全員の方向へ、順番に。

「アタシに、力を貸して」

四戦煌も、亜人も、魔物も——皆、力を貸すと答えた。

目端に滲んだ涙を指で振り払い、リィゼは声を張る。

「今後、当面はこのベルゼギアの指示に従うこと——いいわね!?」

返事と咆哮が「応!」と答える。

ともかく——上手く運んだ。

俺の前には最果ての国の者たち。

戦う覚悟を決めた者たち。

生き残ろうと、決意した者たち。

俺は肩越しに、最果ての国の反対側を見やる。

「それじゃあ、始めるとしようか」

互いの、生存を決する——

「戦争を」

◇【狂美帝】◇

ファルケンドットツィーネ・ミラディアスオルドシート。

彼――狂美帝ツィーネは、高台から見下ろすその一帯を眺望していた。

遥か遠くで、砂煙が上がっているのが見える。

馬が群れで移動しているのだろう。

情報にあった騎兵隊と思われる。

思い出したように吹いた風が、ツィーネの金の髪を揺らした。

膝まで届く垂らした二房の束。

それが、風でそよぐ。

心地よい風が、ツィーネの妍麗な細面を撫でた。

「陛下」

背後から声をかけたのは、ルハイト・ミラ。

ツィーネの腹違いの兄である。ミラの大将軍であり、戦略面における総司令官。

「先ほど我が軍がゾルド砦を陥落させたと、報告が」

「魔戦騎士団は？」

「抗戦したそうですが、こちらの輝煌戦団には敵わぬと見て撤退したようです」

「やはり竜殺し（ドラゴンスレイヤー）の不在は大きいな。向こうは、貴様がいなくとも大丈夫か？」

「当分は問題ないかと。ご存じの通り、我が軍には優秀な将軍たちがいますので」

「日々の薫陶の賜物（たまもの）か」

「ええ」

「アライオンからの増援は？」

「まだ、到着していないようです」

「……ゾルド攻略は運も味方したな。しかし、そこへ魔防（まぼう）の白城（はくじょう）で戦った者たちが来ると厄介だろう。あの死地を、生き残った者たちなのだから」

「例のS勇者が現れた場合のみ、ゾルド砦を捨てて撤退するよう、指示してあります」

S級勇者。

ヒジリ・タカオと、タクト・キリハラ。

この二人は東の戦場にて大魔帝（たいまてい）を撤退させたという。

そして、側近級を仕留めたS級勇者――アヤカ・ソゴウ。

今や〝人面種殺し（じんめんしゅ）〟の二つ名も、すっかり彼女のものと聞く。

「命令に何か変更を加えますか？」

「変更は必要ない。それより今は……この一帯で起こっている戦いをどう見るか、だが」

見極めんとするかのごとく、双眸（そうぼう）を細めるツィーネ。

「現在は輝煌戦団の大半を対ウルザへ回していますが……こちらへ少々回させましょうか？」

「いや、それも必要あるまい。情報通りにここへアライオン十三騎兵隊が来ているとしても、手ごわい相手はさして多くないと余は見ている」

「手ごわい相手とは、やはり第六騎兵隊ですか？」

「特に、隊長のジョンドゥ」

「はい」

「しかし、これはミラにとって好機でもある。アライオンが攻めてきたのを察知してか、どうやら最果ての国が外へ開かれたらしい。さて……」

ツィーネは腰の神聖剣の柄底に、手をあてる。

「余自らも含め――ここから、どのように駒を動かすか」

ルハイトから躊躇いが感じられた。ほどなく、彼は意を決した風に口を開く。

「私もお傍で陛下をお守りいたします。この命に代えても、必ずやお守りいたします。が……どうか、ご自身のお命は何より大切になさってください。どんな時も」

ツィーネは振り向き、澄んだ蒼の瞳で兄を見た。

そして目もとを綻ばせ、応える。

「無論だ。この狂美帝、まだ死と手を取り合う気は毛頭ない。それにルハイト……今この方(ほう)には、強力な同盟者もいる」

ツィーネの右手側。

少し離れた位置に立つその人物は、不穏さの増した戦場を見つめている。

「そうであろう?」

ツィーネは表情を戻し、自らも遠くを眺望したまま、呼びかけた。

「アサギ・イクサバ」

エピローグ

アライオンの勇者の宿舎。

十河綾香は、自室でストレッチをしていた。

ストレッチを終え、槍（やり）を手に演武を行う。

最後に、槍を突き出す。

ヒュッ！

（……うん。思っていたより回復が早い。極弦（きょくげん）の負荷は、消えてる）

間に合った。

明日、ついに勇者たちは北へと発（た）つ。

五日前、北の大魔帝軍に大きな動きがあった。

大誓壁（ナイトウォール）に魔の軍勢が集結しているという。

大魔帝の姿も確認されたそうだ。

綾香は大魔帝を直接その目で見たことはないが、高雄樹（たかおいつき）が絵を描いてくれた。

『へへーん、絵は姉貴よりあたしの方がうめーんだよなー』

確かに、上手（うま）かった。意外……と言っては失礼かもしれないが。

巨大な生物要塞めいた禍々（まがまが）しいフォルム。

あんなものと、戦わなくてはならないのか。

そして大魔帝軍は早速、その軍勢の一部を東へ移動させているそうだ。

東回りでアライオンを目指していると思われる。

『まるで西のミラの動きと呼応でもするみたいに、実に嫌な時に動きましたねぇ。いえ、というより……こちら側のゴタゴタを知ったからこその、あの動きなのでしょう』

女神は、そう分析していた。

『そしてあの規模……向こうも、今回が決戦のつもりかもしれませんねぇ』

大魔帝――根源なる邪悪は、無数の金眼（きんがん）を産み落とす。

が、産み落とすほどその金眼が勇者に経験値（EXP）を与えかねない。

戦いが長引くほど、根源なる邪悪も不利になりかねないわけだ。

女神は根源なる邪悪の邪王素（じゃおうそ）によってほぼ無力化される。

この世界で生まれた者たちも同じ。

が、異界の勇者は邪王素では弱体化できない。

根源なる邪悪にとって勇者は唯一と言える天敵なのである。

大魔帝側は先の戦いでS級勇者を分散させ、魔防の白城へ奇襲をかけてきた。

魔帝器（まていき）による人面種の呼び寄せ。

さらにそこへ、側近級第一誓と第二誓の連続投入。

今にして思えば、勇者を始末したいという意思が嫌というほど見て取れる。

ただ、先の戦いでは他方面へも圧倒的戦力をぶつけてきた。

大魔帝軍が手を抜いた戦場など、一つとしてなかった。

『やはり大魔帝は、これまでの根源なる邪悪と比べて遥かに強力と言わざるをえません』

女神はそう評し、広場に集めた勇者たちへ向けて言い放った。

『ですが、こちらにも過去最高と言える強き勇者が揃っています。我が神聖連合はこれより、勇者たちと共に大誓壁を目指し――そこへ集った金眼及び大魔帝を、殲滅します』

女神は今回の戦いを〝魔帝討伐戦〟と銘打った。

討伐軍の総大将は、マグナルのソギュード・シグムス。白狼騎士団の団長である。

主に討伐軍に名を連ねるのは、アライオン軍、ネーア軍、バクオス軍、白狼騎士団。

ウルザ軍は、西のミラへの対応で戦力を回せない。

アライオンも少なくない戦力を対ミラ軍として出している。

ネーア軍やバクオス軍も先の戦いの影響で出せる数はそう多くない。

ヨナトやマグナルは現在、防衛すら危うい戦力しかない。到底、参戦などできない。

こうなるとやはり、勇者たちの戦力が最重要となってくる。

ちなみに軍総司令官の人選だが、桐原拓斗は異を唱えた。

『まさかヴィシス……失望のその先を、このオレに見せるつもりか？　あのソギュードとかいう男がこのオレより――本気で、キリハラ（王の器）だと？　疑わざるをえねぇな……正気を』

が、高雄聖（ひじり）が巧みに彼を説得した。

あの桐原拓斗を（渋々ながらも）納得させた聖の話術。

綾香（あやか）も舌を巻いた。やはり、彼女はすごい。

綾香は、槍を強く握り直す。

（ついに……大魔帝軍との決戦が、始まる）

と、綾香の部屋を高雄姉妹が訪ねてきた。

「召集よ」

「あの、少し待っていてもらえるかしら？　すぐに、着替えてくるから」

「大丈夫よ。急がなくていいわ」

「……委員長」

「どうしたの、樹さん？」

「やっぱり委員長って、かなり着やせするタイプ？」

「樹、今そういうのはいいから」

「ごみんなさい、委員長……」

「い、いいからっ……気にしないで、樹さん。それじゃあ、少しだけ着替えの時間をもらいます」

言って、綾香はドアを閉めた。

そのままてきぱき勇者装に着替え、再び、ドアを開ける。

「お、お待たせ」

聖が、背を預けていた壁から離れる。

「それじゃあ、行きましょうか」

ドアに鍵を掛け、廊下に出る。聖が言った。

「いよいよ、私たちも決戦の地へ旅立つ日が来たわけだけれど」

「ええ……ついに、ここまで来たのね……」

緊張して綾香が言うと、樹がへらへらしながら肩を叩いてきた。

「まー気持ちはわかるけどさ。もっと気楽に行こうぜ、委員長」

「う、うん……ありがとう、樹さん」

「どーいたしまして」

樹のこの明るさはありがたい。

そんな妹とは対照的に、冷静沈着に聖が言う。

「私たちは、大魔帝を倒さないことには始まらない。大魔帝を倒して心臓を手に入れる。もしくは……」

聖が睫毛を伏せ、黒水晶の首飾りに手を添える。

「この首飾りに、大魔帝の持つ邪王素を取り込む」

「あれ？　聖さん、その首飾り……」

「今日、女神から呼び出されてね。託されたの」

聖は女神からかなり信頼を得ているようだ。

実際、最近の女神の聖に対する態度は目に見えて軟化している。

「……やれるかしら、私たち」

「不安はわかるわ。私だって、すべて上手く運ぶとは思ってないもの」

「ねぇ聖さん……女神様は本当に、私たちを――」

「待って」

一人のメイドが、こちらへ向かって廊下を歩いてくる。

畳んだシーツを抱えている。

他には騎士が二人、反対側の階段付近に姿を現していた。

聖が、人差し指を綾香の唇に添えた。

「十河さん、ここでその話は」

「あ、ごめんなさい。つい、うっかり……」

（いけない……しっかりしないと。私はＳ級勇者である以前に、２‐Ｃの委員ちょ――）

――――――――ドッ――――――――


（……あれ？　今、何か――）

圧力の、ようなものが。

威圧感のような、何かが。

全身を、駆け巡って。

「！」

「おい姉貴、あれ……っ！」

「――ええ」

三人で、メイドに駆け寄る。

メイドは前のめりに倒れ込んでいた。畳まれたシーツが落ちて、床上でばらけている。

樹がメイドを抱き起こす。

メイドは白目を剝き、痙攣していた。

樹が呼びかけるが、とても返事ができるような状態ではない。

「……あっちも」

振り返った綾香の視線の先――先ほど、反対側の廊下に現れた二人の騎士。

やはり、同じように倒れている。

「おい、姉貴!? こいつ、ちょっとやばいんじゃないのかっ!?」

樹の抱き起こしたメイドが泡を吹き始めた。廊下の先を睨む樹。

「くそっ……一体、何が起きたってんだよっ!?」

廊下の先は、静かだ。騒々しさが——ない。

こんな状況なのに。

「私たちは、なんともない」

聖が、メイドを見つめながら言った。動揺はあまり感じられない。

が、まったく動揺していないわけでもなさそうだった。

〝さすがにこれは想定外〟

そんな風にも、見える。

綾香はハッとした。

自分たちだけが、なんともない?

異界の勇者だけがまったく影響を受けないもの。

「聖さん……これって、まさか」

つまり、それは——

「邪王、素……?」

「ええ、おそらく。この濃度だと……かなり、近くにいるはず」

聖が双眸を細め、自問的に言葉を継ぐ。

「となると城内……あるいは、城の敷地内に……？」

綾香は、ふと疑問を抱いた。

（だけど変だわ……こんなに濃い、邪王素……）

「あの、聖さん……私には、なんの前触れもなく急に邪王素が満ちた感覚だった。それに……」

綾香は再び振り返る。

「委員長？」

メイドが来たのとは反対側の廊下で倒れている二人の騎士。

綾香は、その二人の顔に見覚えがあった。

魔防の白城で、共に戦った騎士だったのである。

「あの戦場で、邪王素の影響で昏倒した人はたくさんいた……でも、ここまで……」

邪王素の影響は。

ここまで――ひどかっただろうか？

「十河さんは、側近級の第一誓や第二誓の放つ邪王素の影響を目にしている……それも、比較的近い距離で目にしている。そうね？」

「……ええ」

「この邪王素(じゃおうそ)の感じ……あなたの感覚だと、その側近級以上だと？」

「邪王素の影響なのかは、わからないけど……その……威圧感というか、凄(すご)み、というかっ……とにかく、何か――」

桁が。

「桁が、違う感じがするの……ッ！」

何か、嫌な予感が。

「……私は〝繋(つな)がった〟気がしたわ」

「繋、がった……？」

「遠目だったけれど……東の戦場で目にした、あれと」

「え？　おい、姉貴……え？　ちょっ――それって、まさか……」

「この目で確認する必要はある。けれど確率は高いと思う。今は、そう見ておくべき」

三人で互いの顔を窺(うかが)い合う。

おそらく皆、同じ予測に至っている。

綾香の背筋を、寒気が、何本も駆け抜けた。

ぶるっ、とこめかみが震える。

続いて――ドッ、と。

汗が、顔中に噴き出してきた。

どのようにしてそれが成ったのかは、見当もつかない。
なぜ今なのかも、わからない。
なぜ？
どうして？
疑問しか、出てこない。
ただ、自分たちが持つ限りの情報から導き出すのなら。
答えは、一つしかないのではないか？
「自ら――直々に、乗り込んできた」

――大魔帝が。

あとがき

　今巻のトーカはこれまでの敵とは違った種類の他者を相手取っています。見方によっては単純に叩き潰せばよかったこれまでの敵と比べると、厄介な相手と言えるのかもしれません。また、七巻の中に『それぞれの今』という章タイトルが出てきますが、トーカたち以外の人物にもそれぞれ動きが出てきたかな、と感じる巻でもありました。一方、この書籍版では、主軸であるトーカとセラス、さらに綾香や聖の関係性にもより厚みを持たせられた気がいたします。

　ページ数の関係で短くなりましたが、ここからは謝辞を。担当のO様、イラストのKWKM様（七巻では新デザイン二人のイラストが特に好きです）、コミカライズ構成の内々けやき様、作画の鵜吉しょう様、コミカライズ担当のM様、関係者の皆さま、また、Web版読者の皆さまにこの場を借りて引き続き感謝申し上げます。

　そして、六巻に続きこの七巻をお手に取ってくださったあなたに、変わらぬ深い感謝を。

　それでは、もしかしたら「！」という展開になるかもしれない（？）次巻でお会いできることを祈りつつ、今回はこのあたりで失礼いたします。

篠崎　芳

ハズレ枠の【状態異常スキル】で最強になった俺がすべてを蹂躙するまで 7

発　行　2021年5月25日　初版第一刷発行
2024年12月16日　第三刷発行

著　者　篠崎 芳

発行者　永田勝治

発行所　株式会社オーバーラップ
〒141-0031　東京都品川区西五反田 8-1-5

校正・DTP　株式会社鷗来堂

印刷・製本　大日本印刷株式会社

Printed in Japan　ISBN 978-4-86554-909-6 C0193

作品のご感想、ファンレターをお待ちしています

あて先：〒141-0031　東京都品川区西五反田 8-1-5 五反田光和ビル4階　ライトノベル編集部
「篠崎 芳」先生係／「KWKM」先生係

PC、スマホからWEBアンケートに答えてゲット!

★この書籍で使用しているイラストの『無料壁紙』
★さらに図書カード（1000円分）を毎月10名に抽選でプレゼント!

▶https://over-lap.co.jp/865549096
二次元コードまたはURLより本書へのアンケートにご協力ください。
オーバーラップ文庫公式HPのトップページからもアクセスいただけます。
※スマートフォンと PC からのアクセスにのみ対応しております。
※サイトへのアクセスや登録時に発生する通信費等はご負担ください。
※中学生以下の方は保護者の方の了承を得てから回答してください。

オーバーラップ文庫公式 HP ▶ https://over-lap.co.jp/lnv/